蝴蝶館 16

網路女作家之死

蝴蝶 ◎ 著

網路女作家之死

1

火紅的艷光，燃燒了半個寂靜山谷的天空，墜機後的現場，只有一片凌亂和淒慘的景象。

遍地的屍塊和未燃盡的雜物散落，救援隊徒勞無功的尋找生還者。

「沒有生還者。」沉痛的，記者在午夜新聞報導著，背後是熊熊的火光。

「網路女作家sade的手袋已經被尋獲，確認了身分……據了解，sade原名余綠香，此行是為了前往高雄參加她第三本書的新書發表和簽名會，未料卻遭此不幸……」

第二天的晚報，甚至將余綠香草草寫在記事本上的遺書秀出來。

「今天的諸多巧合，讓我不禁有感。或許，這些巧合，是邀請我去另一世界的通行證。

若真不幸墜機……

請公告我的朋友……

翠綠的芳香，已經逸失在天際。」

但是這份遺書，卻是上次飛去花蓮寫的。余綠香愣住了。

我，死了？

臨去高雄的那天晚上，她去PUB喝了個大醉。記者幫她寫的專稿，卻被母親痛罵不知羞恥，親戚朋友又對她的婚姻冷嘲熱諷。

他媽的。什麼幫助都不能給我，只會這樣扯後腿。你們的想法干我屁事？

還沒離婚的前夫趁機來吵，擺明了要錢。

神經病。作家能賺多少錢？又是個紅都沒紅的作家？

靠！

倒楣到家了。沒想到，她醉倒在PUB時，整個手提袋都不見了！機票，身分證，信用卡，金融卡，通訊錄，連口紅和免洗內褲都在裡面。

不會吧～～她踉踉蹌蹌的用牛仔褲裡僅剩的兩百塊坐車回家，倒在床上，準備先睡醒了再說。

簽名會？那是下午的事情，再說，再說。

沒想到，一睡醒，她，「死了！」。

「我還活著啦！」她喃喃自語。

想要撥電話回去報平安，一想到母親罵她的那些惡毒的話，一口濁氣上湧。

靠！她不是很氣我講婚變削了她面子？這下子，死都死了，總算不再讓她沒面子吧？

她抓了一把小番茄，邊吃邊上線，用了另一個別人不知道分身的ＩＤ。

story版一片哀鴻遍野，一下子，原本身價普通的sade居然行情大漲。整個版面都讓空難和哀悼的氣氛占據了，她的文章被貼出來憑弔。

我有這麼多讀者？「死後哀榮」喔。

她打電話給主編，驚嚇過度的主編，差點丟電話筒逃跑。

等弄清楚她還活著的時候，綠香已經笑到不會動了。

「明天就出去說明一下，我還沒死啦！」綠香喝了口咖啡。

電話線那頭，沉默了一秒鐘。

「不，綠香，妳死了。因為妳死掉的消息一發佈，新書發表會上的一百本新書，已經被搶購一空，剩下的兩千九百本，也已經被通路搶完了。」

綠香把咖啡噴在螢幕上面。

2

「啥？你說啥？」該死，螢幕和鍵盤都很難清理。她胡亂的抽著面紙。

「綠香，不如妳就乾脆的死了。與其半紅不黑的活著，不如保持現狀。」

綠香瞪著話筒，覺得主編可能最近壓力太大，神智有點不清楚。

「我明明活著。主編大人，難不成你叫我自殺去？」

「妳可千萬不要想不開。若是自殺了，以後哪來的『遺稿』呢？」

他要我詐死！這絕對是犯罪。

「這不是犯罪啦，只是一個巧合罷了。我們不過利用這個巧合，達到我們的目的，又沒殺人放火。」

你說得倒輕鬆！

「不幹。我馬上打電話給我媽，順便公開我活著的消息。」對於名利薰心的傢伙，沒啥好說的。

「降的話，伯母原本可以到手的大額空難賠償，當場就成了泡影。妳覺得伯母會比較在乎妳的死活嗎？」

這話讓綠香動搖了一下。她和母親不和，不是錯誤的婚姻導致的。有些孩子的氣質，天生和父母不相投。

「不要替我老媽發言。我老媽怎想，你又知道了？」

「好，不提這個。算是我求妳吧。妳知道老闆威脅我，若是這系列的網路小說沒有起色，他要叫我回家吃自己，咱們認識這麼久了，又不是沒交情。好不容易有了個可以大炒特炒的新聞點，若是好好配合，書又大賣，我會虧待妳嗎？」

「干我什麼事？大不了回去找工作。」媽的，我不寫了總行吧？

忿忿的想摔下電話，主編的聲音在那頭大叫，「綠香～想想看～妳可以現世裡看到死後哀榮的景象，妳沒有一點好奇心嗎？」

她的手停住了。

死後哀榮。story的盛況。通路呢？傳播媒體呢？

「妳若真的死了，這些事情會照樣的發生下去。但是妳就看不到了。就算不為名不為利，妳難道連這點子好奇心都沒有嗎？」

拒絕他！拒絕他！這主意太荒謬了……

但是綠香卻聽到自己的聲音自動播放，「但是我就沒有身分證了。」

主編大大的鬆了口氣，「身分證小事，交給我就行了。」

「走在路上，也會驚嚇到很多人。」搞不好社會版頭條標題就是，「網路女作家死不瞑目，白晝現身西門町」。

「那也沒什麼，小小的整容手術就可以解決了。」

一失手，乒乒乓乓的話筒電話機摔到地上。

「喂？喂？不要害怕～我認識不少整容大夫，保證隱密唷～保證妳媽也認不出妳來～」

綠香覺得自己相信錯了人，答應了件蠢事。

臨到整容醫院，為了整容哪個部分，兩個人僵持不下。

「我要割雙眼皮！我要雷射換膚！」綠香嚷著。

「小姐……」花了很大的力氣，主編才按耐住自己，不掉頭而去，

「我們的目的是讓人認不出妳來，目的先弄清楚。」

「等我變成了美人兒，誰也認不出我來。」

「拜託，整容也有能力所不能及的地方，好不好？」

「閉嘴！」

吵了快半個鐘頭，主編的耐性漸漸喪失，「聽清楚，隆鼻，割雙眼皮挖酒窩，成！雷射換膚，不成！不要吵了，別逼我謀殺妳。」

整容大夫笑嘻嘻的走進來，「林思聰，怎麼？還沒搞定？」

「主編，你叫林思聰啊？我還以為你姓主名編。好，我一定要雷射換膚。」

林主編氣得想當場扼死她。

3

等綠香進了手術室，林思聰也已經被氣得半癱了。

他點燃了一根菸，卻被護士小姐警告。哇勒……

滿懷心事的走到樓梯間。對於綠香的文筆，他一直很有信心。若不是有信心，不會一連替她出了三本。

但是市場詭譎，他們的小出版社先天不良，封面設計還是老闆娘下去操刀的，你敢說不好看嗎？老闆娘又不支設計費。

但是總經銷很坦白的告訴你不好看，連金石堂都不肯下單。

「這是什麼？寵物書喔？」看著封面放張貓照片的書，進書的小姐很不耐煩，「叫我放哪？寵物？好啦，給你面子，六十本。」

全省金石堂六十幾家，一家鋪一本？何嘉仁更乾脆，十家分店，每家下一本。

連第一刷都推不出去。

沒有行銷費用，沒有廣告預算，新聞稿都是老闆統一發寫的，沒啥人理。連海報都做不起。

看著一屋子庫存，老闆拚命罵他，他罵總經銷，總經銷抱怨他們的封面和書名不夠好看。

好不容易爭取了經費辦簽名會，略略有點起色，老闆還是為了第二天誠品沒再賣半本罵他。

「再賣不出去，你就自行解決吧！」

自行解決。聽起來像是自宮。

景氣這麼差……他的存款不到四位數，準備餓死嗎？

心情正惡劣，剛好傳來綠香的死訊。

晴天霹靂。他看好網路小說的市場，雖然事實證明，網路小說的市場小得可憐，但是捱得住，會在日漸擴張的網路族群裡，占有出版市場的一席之地。

幾乎將未來賭在綠香的身上，但是她卻死了。

所以，儘管新書發表會和通路發狂似的狂賣，他的心情還是沉重的跟鉛一樣。

這幾本賣完了以後呢？上哪簽這樣任勞任怨，懂得網路生態，文筆流暢的網路作家？

所以發現綠香還活著時，他決定了。

綠香是非死不可，但也不能死的。

對著出版社，通路，他終於要抒發一下這些年的怨氣。思聰握緊了拳頭。

人生充滿了賭注。他將父母親遺留給他的房子，抵押了七十萬，咬牙成立了個人工作室。

拚了。

4

老闆發現林思聰居然想跟他買下余綠香的那三本書，心裡頭倒是滿樂的。

就算她第三本賣的好一點兒，但是前面兩本還不是一樣？他根本不看好這個死掉的女人。而且，這個笨蛋主編居然想在經濟嚴重不景氣的時候，出去找死，他也樂得不必付遺散費。

所以，他也很慷慨的開了不高的價格，順便連庫存都五折賣給他。

走出出版社，林思聰大大的深呼吸，胸口充滿了氧氣。

回到家第一件事情，先抱著腦袋，用力把新聞稿凹出來，還文情並茂的寫了篇「給綠香的最後一封信」。

嗯……雖然有點噁心，但是在這個新聞的熱潮，總要找個切入點。

他第一時間把新聞稿用老爺傳真機全發了，還打電話確定所有大小報社都拿到了傳真稿。然後將全文發到ＢＢＳ的story連線版。

第二天空難頭條就出現了這樣的標題：

「林思聰和余綠香；藝文情侶　天人永隔　哀思無限　情思纏綿」

底下就是他寫的「給綠香的最後一封信」。

整個story的連線版更誇張，眼淚淹沒了整個版面。看著這種廣告效益，林思聰很滿意。

但是有人卻不很滿意。

「藝文情侶？情思纏綿？」綠香的聲音簡直要震破話筒，「林主編，你說謊不打草稿？」

「哎呀……剛整型過的人不要太激動，臉會變形喔……」

果然讓綠香的聲音小了些，「發這種不實的新聞稿，你會遭天譴。」

「不會。這樣就遭天譴？那我們那個老闆豈不是八百年前就遭天打雷劈，天下的傳播媒體都燒光了？放心，廣告咩～妳該看看網路的反應……」

「網路？你也……」隔著話筒，還感覺到綠香隆隆的怒氣。

他不禁慶幸，趁綠香在醫院發新聞稿是正確的。

「綠香，好好休息，明天拿身分證給妳。」

「身分證？」

廢話，綠香總不能沒身分的活下去吧？在台灣，只要有錢，能辦到的事情滿多的。

就好像可憐的羅美微。美微好歹是世家女兒，到美國念過大學，紅顏早逝就算了，偏偏她家的兄弟破爛不成材，啥子都賣，連她的身分證也賣。

在法律上，沒有死亡證明的美微還是活著的。

透過朋友買到身分證的思聰，心裡充滿紅顏薄命的同情。

拿到羅美微的身分證，綠香皺了皺眉毛，「我沒這麼漂亮。」

「拆線後，抹上兩盒粉，大約可以勉強瞞過去。當然，等妳的臉癒合後，還是要去補發身分證，換個照片。」

「她比我小四歲欸。」

「讓妳變年輕還嫌？」

「我不要這麼俗氣的名字。不曉得哪個明星也叫這個名字。」

思聰漸漸失去耐性，「不逼我謀殺妳，日子過不下去？」

和綠香怒目相向，心裡頭大嘆倒楣。

為什麼不是跟羅美微這樣的美女當命運共同體？

還要裝出一副哀戚的模樣接受電話訪問才要命，所以他不接受當面的訪問，只說哀戚過度，還要忙著幫綠香辦後事。

後事。對的。綠香的媽乾脆當他是女婿，真是哭笑不得。還要應付綠香貪婪的前夫。

「我告你喔！」綠香的前夫威脅他，「綠香的所有版權都是我的。」

「對不起。」他鎮定的說，「綠香所有的版權都賣斷給她的經紀人了，這是她的遺書裡寫得清清楚楚的。」

「經紀人？我沒聽過綠香有經紀人。」

「你沒聽過的事情多了。」

中廣想訪問思聰，他卻另有打算。

「美微。美微？美微！」喊了半天，他還丟了個枕頭，才讓綠香大夢初醒，「叫我？」

「廢～話～」一個禮拜後，雙眼皮就能拆線，其他的部分還要慢點才痊癒，「中廣要訪問妳。」

「啊？不會吧？訪問我幹嘛？」綠香這才受到驚嚇。

「因為妳是綠香的經紀人啊。」

「啥？」

就這樣，綠香就用「羅美微」這個名字，變成自己的經紀人。

「為什麼你不接受訪問？」綠香被押上車，還做臨死前的掙扎。

「因為我沒辦法達到他們的效果咩。」思聽很誠實的說，「要我為了綠香悲痛逾恆的慟哭，我怕我會笑出來。」

光想像主編為她哭泣場面，綠香就覺得胃有點兒不舒服。

「而且，更重要的是，得凸顯妳經紀人的角色。將來代理綠香的『遺稿』，才不會有人懷疑。」

換綠香狐疑的看著他，「你哪來這一肚子的壞主意？」

「相信我，在傳播媒體和出版業混個幾年，純潔的天使也會變成魔王撒旦。我充其量只是小咖的善良惡魔。」

來。

小咖？別鬧了。

台北的交通令人不敢領教，他們遲到了半個鐘頭，主持人卡在復興北路幾乎哭出來。

梨花帶淚的主持人遲到了一個鐘頭。

「我要說什麼？」綠香小聲的問思聰。

「說說余綠香的優點就行了。還有介紹一下那三本書。」

就這樣？

頭次上節目，綠香倒是沒有緊張的感覺，可是等在外面的思聰，表情像是在守喪。

「各位聽眾晚安……這裡是中廣彩虹win99，我是子雲……這次沒有倖存者的空難事件中，文壇和網路上損失了個新星，備受注目的余綠香小姐……她在網路的名字是sade……真是所有愛好文藝和網路的聽眾，雙重的損失……」

新星？備受注目？雙重損失？她在說誰？

「本來我們要邀請她的文壇愛侶，林思聰先生……但是林先生害怕情感失控，所以讓余小姐的經紀人接受我們的訪問……妳好，羅美微小姐。」

文壇愛侶？情感失控？羅美微？對，是在叫我。

「妳好，子雲小姐。」

「妳認識余綠香小姐有段時間了吧？不知道妳覺得她是個怎樣的人？」

我對「她」是很熟啦……但是對於自己，一下子還真找不出什麼優點。

「一個普通人，走在路上不會有人注意的那種胖胖的，笨笨的女人。」

主持人瞪大了眼睛，「呃……有時外貌和才華很難平衡……但是您覺得余綠香小姐的寫作風格，有哪些特別的部分？據說您很早就當了她的經紀人？」

廢話，當然早。

「我的寫作風格沒有什麼特別的啊……」思聰在錄音室外拚命揮手搖頭，是了，我是「羅美微」，「她的風格沒有什麼特別的，不過是比較會撒狗血，狗血的品質比較細緻，大家看不出來原來是狗血而已……」

「卡卡卡～～」盛怒的主控的聲音，險些穿透耳機，「妳是來幹嘛的？你們是來幹嘛的？拆台？」

「對不起對不起……第一次錄音……第一次……」思聰死命的扭著她的手，不理的綠香抗議，「我跟她溝通一下，溝通一下……」

把她拖到隔壁間，「妳在幹嘛？」

換思聰暴跳。

「我？我在實話實說啊。」綠香甩著手，靠，好痛。

「誰叫妳實話實說？妳不是天字第一號國畫大師嗎？去畫虎畫蘭啊～」

綠香皺起眉毛，叫我為自己唬爛？「不要，那樣子好沒格調。」

思聰靜了下來，從牙縫擠出幾個字，「妳、非、逼、我、謀、殺、妳、不、可、嗎？」

她倒是不怕主編的威脅，只是不忍心看他嚼碎一口好牙。

再次上陣。綠香把她寫小說撒狗血的功力發揮出來，弄得主持人淚撒播音室，連外面的主控都掉眼淚。

主控過來跟她握手，「羅小姐，歡迎妳再來上我們節目。相信妳會繼承sade小姐的心願，讓她的作品在身後還能發光發熱。」

走進電梯，一直靜默的綠香開口，「洗手間在哪？要不垃圾桶也成。」

「幹啥？」

「剛剛我說的話，害我反胃。」

5

「妳得參加正音班才行。」思聰不理綠香的反彈，摸著下巴，慎重的考慮著。

「喂！我的國語算很標準了欸！」綠香不太高興的抗議著。

「我知道啊，但是，妳的聲音和余綠香太像了，會引起懷疑的。」

綠香斜眼看著他。廢話，我就是余綠香，聲音怎麼會不像？

「不！從現在開始，你就是羅、美、微。一定要牢牢記住這件事情。聽到沒有？」

思聰抓著綠香，大聲的說。

「這就是你對文壇愛侶的態度嗎？」綠香冷冷的說，意外的，看見思聰的脖子上拚命爆起雞皮疙瘩。

哈！

「不要再說了……」他鬆開了綠香，覺得背上一陣寒戰。

「不要這樣嘛～好冷淡唷～親愛的～我們不是文壇愛侶嘛？」綠香乾脆偎過去，抱住他的手臂，用膩人的甜腔撒嬌著。

思聰的雞皮疙瘩幾乎透衣而出。

「別靠近我～別靠近我～」電梯門一開，就像後面有暴龍在追一樣，跑得無影無蹤。

剩下綠香在後面笑得前仰後俯。

活該。

臉上的笑意，保持到回家的那一刻，一進門，她的臉孔刷的一聲慘白。

整個家凌亂不堪，還遺失了許多東西。

糟了～我遭小偷了～

發著抖，這個時候，也只能向思聰求救。

「主……主編……不好了……」綠香帶著哭聲打行動給思聰，聽到電話的思聰一跳，「怎麼了？妳被拆穿了？那份報紙？還是廣播？糟糕！我就知道不能參加廣播，果然糟了～」

「不是……不……不是……我家遭小偷了……好多東西不見了～趁我住院的時候偷東西～嗚～我的音響也不見了～我要報警……」

「不行！」思聰大叫，慘了……哈哈……他頭痛的搔搔頭，「我馬上過去，別擔心。」

到了綠香的家門口，他深深的吸了一口氣，滿面堆笑的走進去。

綠香慌亂的衝上來，抓著他，「主編……東西不見了好多……我的石頭……我的玉……音響……連洗衣機都不見了……還有我的存摺……」

「哈哈……不要……不要緊張嘛……反正存摺也只剩下兩萬多塊……」

綠香安靜了下來，瞪著這個詭計多端的傢伙。

「我就剩那兩萬塊過日子！你……混蛋！快把我的錢還我。」

「還不了了。」綠香氣得想扼死他，思聰一廂躲，一廂嚷著，「余綠香死了，她的遺產本來就該由家屬處分啊～那些錢，我一毛子也沒用呢～」

「可是我……」她很想說，我還沒死，但是回頭一想，連身分證都換了名，思前想後，半生的收藏和回憶，身邊的掙來的家俬，就在這個蠢主意底下，灰飛湮滅，一時悲從中來，不禁哇的一聲哭了起來。

「不但我沒用到錢，我還盡力幫你保留剩下的東西，房子的押金也先墊了……不要忘了，妳整容的錢還是我出的！那些算是我借妳的好了……」

綠香怨毒的眼光隔著淚水，思聰裝作沒看見，背轉過身，嚥了口口水。

再看下去，他會覺得自己變成恐怖片裡的無辜被害人。

「我一定是發瘋了，才會聽你的鬼話！」綠香又哭了起來。

「破釜沉舟，妳沒聽過啊？所以……綠香……不，美微，」思聰開了包新的面紙，丟到她的面前，「我們都沒有退路了。再退一步，就是萬丈深淵。」

他直視著綠香憤怒的眼睛，「我承認，我拐了妳。美微，妳老實說，綠香被出版社和通路，欺負的慘不慘？」

綠香將頭撇了過去，拒絕再去想出版社和通路那些廢話。

「如果妳不甘心，那就站起來，不要為了這些東西哭泣。這些東西都會回到羅美微的手上的。但是羅美微沒有站起來，妳連明天都不會有！」

綠香擦著眼淚，默默無語。

欣慰又闖過一關的思聰，手插著口袋想離開。

「主編。」

「幹嘛？」他很酷的回答。

「你考不考慮從政？我覺得你說這些冠冕堂皇的謊話時，真的比哪個高明的政客都高明多了。」

6

真的什麼都不剩了。

整理好家裡，原本塞得滿滿的斗室，居然變得空空蕩蕩，只有幾件衣服掛在衣櫥裡頭，那還是她帶去醫院的衣服。

其他的……什麼都不剩了。

電話不通，電腦也不見蹤影，好幾套絕版漫畫都被搬光了，連紅樓夢的上半部都不見，只是剩下下集，翻開來，正好到抄家那段。

為了該死的好奇心，我居然落到抄家的地步。

她又哭了起來。一直哭到暮色四合，還意猶未盡的醒鼻子。哭得太專心了，敲門的聲音害她跳得半天高。

沒好氣的開門，一定是該死的主編，「幹嘛！你就不能讓我……」

門口幾個女孩子瑟縮著，手裡緊緊抓著香水百合。好大一把欸，貴死了，現在小孩真浪費……

一面揉著眼睛，鼻塞著說，「找哪位？」

「這裡是sade……余綠香小姐的故居嗎？」高中模樣的小女生怯怯的說。故居？我怎麼會把自己逼到這種「已故」的地步？綠香眼淚潸潸而下，點點頭。

幾個小女生也跟著哭起來，「拜託，讓我們進去看看好嗎？我們是她的fans，一直從網路追文章……她的書我都有買……」她們眼淚鼻涕的掏出那三本粗糙的書，眼淚滴滴答答的落在庸俗不堪的亮光封面。

進了屋子，她們把花束放在電腦桌上，一起抱頭痛哭。

「sade姐……妳怎麼就這麼去了……妳的小說還有那麼多殘稿……妳怎麼甘心哪……」旁若無人的哇哇痛哭，有的趴在桌子上，有的抱著坐在地上，

「sade姐……」綠香的眼淚反而停了。這些小鬼都是為我哭泣嗎？為了三流小說家的我？

「誰說sade姐寫的小說是三流小說！」年紀看起來最小的女生大吼，

「妳根本不懂身為女生不幸的生活！sade姐總是……雖然她寫的女生都冷冰冰的……可是，我知道……她在鼓勵我們要勇敢要堅強，要當個被人瞧得起的女子，不枉費『好』這個字！」

真糟糕，她的雞皮疙瘩都復甦了。

「就是說啊，你們這些大人根本不懂網路文學！」另一個帶著眼鏡的女生聲音顫抖著，「你們也歧視女性文學！sade姐可是自從吳爾芙之後，最偉大的女性文學作家！她的作品明顯的對男性霸權發出嚴厲的譴責，你們這些男性沙文同路人才這樣污蔑她！我絕對不允許任何人對sade姐做出這麼不公允的評論！」

是我不正常？還是她們不正常？

「夠了！小優，小舞，不可以這樣。」問門的高中女生制止她們，「人家好心讓我們進來看sade姐的家，怎麼對人家這麼沒有禮貌！」

她轉過頭來，將一包面紙遞給綠香，「請原諒我們，我們只是太過悲痛了……咦？您……您的聲音我似乎聽過……」

「應該……應該不會吧……」小優？小舞？對了，她們這兩個是網路那群常寫信給她的小朋友，不過，綠香沒參加過板聚，應該沒人聽過她的聲音。都走到這地步了，萬一被拆穿了……

綠香吞了口口水。

「羅美薇！妳是羅美薇！」幾個女生停住了哭泣，換上嚴重的狐疑，「妳在win99說，妳是sade姐的經紀人，」她停了一停，「看sade姐的個板這麼久，從沒聽說過她有經紀人。」

懷疑的眼光像是利箭般穿過來，綠香覺得身上多了好幾個透明窟窿。林主編，我恨你。

7

她輕輕咳了一聲，掩飾心裡的慌亂。

「妳說啊！妳到底是誰？我從來沒聽說過妳！」小優兇猛的瞪著她，害綠香頭皮都發麻了，「妳是不是出版社的走狗？連sade姐死掉了都不肯讓她安寧?!」

被這群小女生仇視著，她的頭皮發麻。

「不……我……咳，我，我是Themoon。」慌亂之下，她把另外一個拿來寫詩和評論的分身帳號抬出來，「我和美薇……」笨蛋！妳就是美薇！她在心裡大罵自己，「我正式介紹自己，我是羅美薇，網路的名字是Themoon。我和綠香是很久的老朋友了。她出事前不久由我代理她所有的作品。」又快又急的編了這套謊言，綠香額頭幾乎冒出汗來。

「妳是Themoon？我也是妳的讀者，我是慕容，和妳通過幾封信。」問門的女生上下打量了她一下，「薄暮照荒蕪，夕顏菱花顧？」

自己寫的詩怎會不記得？「沐容翠袖冷，脂褪紅模糊。」

「真的是月姐！」慕容淚盈於眶，「沒想到您和sade姐感情這麼好。不過……我以前就覺得妳們氣味相同……您能代理sade姐的遺作真的是太好了……」話還沒說完，這個穩重的小女生也哭了，其他的女孩子也加入孝女白瓊的行列：

「……拜託妳了……月姐……」

「不要讓出版社隨便弄糟了sade姐的作品……」

「不要讓sade姐的家消失……」

好不容易把她們送出門之後，她癱瘓在門口。天啊～我居然撒了這麼大的謊～

她氣餒的躺在床上，想要一覺睡掉所有的煩惱。沒想到睡了極長的一覺，張開眼睛不到五秒鐘，所有的煩惱嘻笑著一湧而上。

拜託。

手機響得幾乎爛掉，她連動一動手指的欲望都沒有。不過聽手機尖叫了五六個輪迴，她終於忍不住，「喂！」凶神惡煞的。

「妳為什麼讓那些小鬼進來？」主編比她更兇，「萬不利被拆穿了怎麼辦？」

該死的始作俑者！「那她們怎麼會知道地址的？吭?!你別告訴我她們有他心通！」

「當然不是我給的，」他很理直氣壯，「出版社那笨蛋老闆給的，因為人家訂了十本書。」

他媽的！那個見利眼開的死老闆！她差點開始複習國罵，「你們這些出版界的敗類！都是一模一樣的！十本書就可以買到我的地址?!那一百本書要我去陪酒?!」沒錯，上回為了某通路要訂兩百本書，居然指定她出來陪酒，「一千本我就好脫衣賣身了！你們到底把我當什麼東西？告訴你，我不幹了！」

主編冷笑，「妳當然可以不幹啦，只要對得起那些相信妳的讀者就行。上BBS看看吧，只要她們不會被打擊到，隨時都可以不幹。」

綠香的脊背冷了起來。

「綠香……不對，美薇。妳給這些悲痛的讀者們一個虛偽的希望，她們都非常相信妳，相信妳會將sade的作品照顧得好好的。妳若現在告訴她們這些都是騙人的，妳根本就在傷害……」她摔掉手機，衝進附近的網咖。

用Themoon的帳號進去，page聲不絕於耳，傷痛的sade讀者紛紛送訊息給她，要她加油和辱罵她的人一樣多。Sade的個人版早就被罵羅美薇和維護羅美薇的文章淹沒了，慕容和小優小舞拚命的替Themoon辯護。

我做了什麼？欺騙愛她的fans，就為了好奇心。她愣愣的坐在螢幕前面，臉頰乾乾的。

終於知道什麼是哭不出來的滋味。

8

我受夠了！

她衝進林思聰的辦公室，我一定要告訴他，老娘不替他騙人了！這真是個從頭到尾的蠢主意！

一踏進去，發現林主編只恨自己沒長了八隻手，一面對著手機吼，「什麼？紙張要付現？楊老闆，你也拜託，什麼時候紙張要付現……啥？印刷也要付現？你有沒有搞錯呀？你等一下，我接個電話……」一面對著電話大叫，「啥？你們是聯合起來害我是吧？文編要延期？你幫幫忙好不好，想個文案也要延期？啥？反正排版沒時間做……這就是你們接案子的態度嗎?!……」

整個工作室像是核彈廢墟，什麼東西都東倒西歪的在桌上或地板上。她得用跳的，才能到林主編的桌子前面，清了清嗓子，「林主編……」門鈴偏偏這個時候響了，他哀求的看著綠香，嘴巴還吼個不停。

她只好去開門。

「快遞！」塞到她手裡，「一百七十五塊。」回頭望望那個還在奮鬥不休的可憐蟲，她嘆口氣，掏出鈔票。

好不容易林主編掛上電話，半躺在椅子上喘，她把包裹遞過去，「林主編……」

「哎呀，終於寄來了！排個版居然要半個月?!什麼工作態度嘛！來來來，綠香，不對不對，美薇，還喜歡嗎？這是新版的『銀貓記事簿』，沒想到居然賣破二十刷了！正好，我本來要拿去給妳校稿的……」

接過自己第一本的「暢銷」小說，她的心裡非常沉重。洛陽紙貴居然只因為我掛點了，而且，還有個噁爛的胡說八道「文壇愛侶」！

林主編沒注意到綠香的面色不善，自顧自的陶醉著，「看看這設計！這才叫做質感嘛！」綠香雞皮疙瘩快爬起來了，書名頁的貓足足有一尺長，看起來活像是聊齋誌異，「還配了很多插圖唷，妳先校稿看看……這一刷可不要再有錯字了……」插圖恍若漫畫大王時代的女主角，眼睛還有小宇宙。

她的胃開始打結。

「林主編！」綠香覺得自己一定要堅定立場，不能一錯再錯了，「我……」

電話震天響，林主編拋來一個抱歉的眼神，拿起話筒，「……阿呀，周製作！沒想到接到您的電話……是……是……」他的聲音突然低沉悲傷起來，雖然臉上神色一些也不搭，還偷偷的拿起蘇打餅乾，「如果我垮下來，綠香也不會安心的……是的……是的……」

他為什麼不去當配音員？綠香悶悶的將整包蘇打餅乾搶過來，還沒送進口裡，對講機又響了。

「掛號！快一點！」郵差粗魯的喊著，她回頭望著林主編，就看見他將印章搖啊搖的，似乎這樣掛號信會自動飛進他的手裡，嘴巴當然還是沒停過。

她嘆了口氣，下樓領掛號信，然後又爬五樓上來。

來的時候火氣正旺，根本沒發現樓層有多高，連續爬了兩次，才發現小腿有點痠。

「妳該運動了！」講完電話的林主編把最後一片蘇打餅乾塞進自己嘴裡，「爬個五樓就喘成這樣。」

她突然認真考慮掐死這個禍害。

「林主編，」她的火氣全散完了，一開口就有氣無力，「我有事情……」

萬惡的門鈴又響了。綠香發誓，若是她手裡有把槍，第一個轟掉門鈴，再來是對講機，然後是林主編的腦袋。

電話？割掉電話線，看它還響不響。

林主編迎進了一堆人，「啊呀，林大哥、楊大哥，鄭大哥你也來了？不好意思，家裡亂得要命……綠……美薇，我跟妳介紹一下，鄭大哥是我的老長官，我是他一手帶出來的，林大哥和楊大哥是我在犀利出版社的時候……哈哈……小地方小地方，大家坐……美薇，去泡……」一轉頭，發現綠香的目光像是要砍人，他咽了咽口水，「我來泡茶，大家坐，坐……」

茶之後是啤酒，啤酒之後是竹葉青，這幾個編輯都有萬年不化的苦水，個個懷才不遇。綠香把稿子校完了，幫著聽了幾個電話，接了好幾次快遞，他們還在口水多過茶。

天色漸漸昏暗，他們居然還在吹牛。

她無聊到整理桌子上的雜亂。快遞送來的新封面，那隻白波斯癡肥的對著她傻笑。白貓跟銀貓分不清楚？掛張圖片就可以當封面？

我若是讀者，會不會買這本書？

不會。

她突然覺得很疲倦，不管是「死掉前」還是「死掉後」，她的書還是被人惡搞到自己不敢承認。

慕容靜靜的聽她訴苦，回訊息給她：「為什麼要讓別人惡搞？月姐，妳可以提出意見呀。」

「我？」在螢幕這邊有點尷尬的笑著，「我不懂出版呢。」

「但是，妳是讀者呀。不就是該出版讀者想看的書嗎？」

慕容不知道，這麼一句話，讓綠香思量了大半夜，瞪著看天花板的水光閃爍，久久無法成眠。

9

她突然跳起來，撥了電話給思聰。

「林主編，我是綠香。」

還沒睡醒的思聰，嘴巴倒是醒了，「美薇。綠香墜機死掉了。」

她忍住氣，不跟他發作，「我要去上班。」

「上什麼班？」這下他清醒了，「妳早上五點鐘打來說什麼夢話？妳還有一大堆『遺稿』還沒整理……」

「所以你最好雇用我。」綠香點了根莎邦妮，呼出一口氣，「要不然我就去外面上班。」用力掛上電話。

幾乎是馬上，思聰又打過來，「綠香，妳發什麼瘋？妳好好的寫稿行不行？」

「美薇。綠香墜機死掉了。」她惡意的糾正思聰，「我要上班。反正你那邊亂得可比核戰廢墟，總要有個人幫你看頭看尾。」

被堵得氣噎，他按捺住脾氣，「美薇，講講理，編輯不是妳想像那麼簡單，妳什麼都不懂，只是個徹頭徹尾的外行人。」

「我可以學。」如果笨蛋也可以當編輯，沒理由我學不會。

「我只請得起工讀生！」他在電話那頭吼起來。

「我可以做工讀生的工作，當然，我要領正常職員的薪水。」

「那妳的『遺稿』呢？什麼時候寫？經銷商已經問個不停了……」思聰暴跳如雷。

呸，我都還沒死呢，什麼遺稿？「當然是上班時間。」

一片靜默。

「妳的意思是說，版稅照付，妳還要領薪水？」思聰輕輕的說。

「沒錯。就是這樣。」

啪的一聲，思聰摔上電話。

綠香不想甩他，倒在床上不能動。一夜沒睡，她疲勞的眼皮沉重的像是好幾千斤。

偏偏電話又響個不停。

「去死吧！」她半夢囈的喃喃著，「去死吧！」還是拿起電話。

「一個月兩萬三，全勤一千，十點半上班，六點半下班。少一分鐘，全勤就沒有了。聽到沒有？」思聰的聲音很沉痛，像是誰生割了他一塊肉。

「兩萬五。」

「……………兩萬五。明天十點半準時到，聽到沒有！」他又摔了電話。

第二天，她的確十點半就到了。卻被深鎖的大門關在外面等到十一點半。

「我睡過頭了……」思聰連鬍子也沒刮，一面掏鑰匙，一面嘩啦啦的掉零錢，「我打副鑰匙給妳好了。」

一開門，核彈廢墟上面還疊了崩塌的磚瓦——一堆堆新印好的書亂糟糟的東堆西堆，有些還從紙包裡滾出來。

還有毒氣瓦斯——廚房的碗盤已經生了不明霉菌，發出恐怖的惡臭。

「這裡是妳的位置。」跨過東牽西絆的電話線，網路線，電線，一條沒跨過，差點摔死。

「這是什麼?!」一捲繩索蜿蜒過地板。

「曬衣繩。有時候下雨，我又沒回家，會把衣服晒在這裡。」

她雙手合十，想禱告一下，發現自己是佛教徒。

一台破舊的電腦開機了很久，發現還是win95的系統。「螢幕會閃。」

「打兩下就好了。」思聰粗暴的拍了兩下，灰塵飛起有一吋高，「看，不閃了。」

嗆咳的無法回答，思聰正好趁她不能回嘴的時候，跟她交代工作內容：「其實也沒什麼好做的，接接電話，傳真、包裹，該歸檔的文件歸檔，」哪裡有檔案？她瞪著那堆混亂。

「把庫存書整理好，對，就是妳看見的鐵架，」那堆倒塌的磚瓦？

「環境整理整理……」清理核戰廢墟？

「校稿、寫稿——對了，有個新聞稿我寫了大綱，添一添，一千多字就夠了，」一行字叫做大綱？

「下午傳真給這些報社……」我的天……媒體名單足足有一尺長。

「……等妳閒了，順便把這些帳記一記。」再一堆，有些單子已經腐爛了。

綠香不出聲，看著他。

思聰很無辜的一攤手，「就這樣而已，我沒事情讓妳做了。」

她深深吸一口氣，「請問……」思聰如臨大敵。

「那些毒氣瓦斯……不是，我是說，廚房的碗盤，我能不能丟掉？」

都是錢呢。思聰心痛的想，不過評估跟她大吼大叫的精神成本，他忍痛點頭。

綠香有點脫力，點點頭，「謝謝。」

10

第一天上完班，她連睡覺時都輕輕呻吟。

全身痠痛，當她整理完了那堆書，自己的腰都快直不起來了。還有大堆檔案連看都不想看。

「你為什麼不把書都讓總經銷處理？」整理到最後，她的脾氣壞極了。

「總經銷那邊有兩千本，我這裡才一千本欸！全給總經銷處理多不划算呀。我們自己談連鎖通路，獲利比較高，不用讓總經銷再賺一手。」思聰很無辜的聳聳肩，繼續打電話哈啦。

每本書一千本，也就是說，三本書就有三千本。

「你每個月想出幾本書？」她心情更壞了。

「兩本。除了綠香的『遺稿』外，我還打算出別的新秀的書。」他似乎很輕鬆，

「妳不知道，一個月出一本，對於一個出版社的資金運轉實在太不利了。」

「『遺稿』？一個月一本？」綠香的聲音尖起來，「你當我是誰？一個月可以生一本？」

「妳可以的。喂？周製作？是呀，我是林思聰，上次我們談得那個……」

一整天都聽見思聰在跟別人哈啦一些無關緊要的東西，她有點懷疑出版社的老闆這

麼容易當。

尤其思聰發現綠香學得那麼快，連排版和封面都讓她出面去溝通的時候，她更懷疑出版社的老闆到底功能是什麼。

「老闆，你不是說我是外行人嗎？我才來上班一個禮拜欸！」她跳起來。

「妳行的！相信我！妳是出版界的奇才呢。當然……我得教教妳，若不是我教妳，妳能學得這麼快嗎？」他指指碟片，「把這張的稿子看一看，能用的挑出來，我好找下個月新秀的書。」

一打開，發現是貓咪樂園ＢＢＳ站故事版的十大排行榜。

「啊？下個月？這些人你都簽約了嗎？」她有些狐疑的看著文章。

「當然還沒有。所以才叫妳看呀。趕緊選，下個月我要出書了。」思聰開始穿外套。

「下個月?!」天啊，今天都六號了，不用排版，不用封面？

「所以要快。」他穿上鞋子，「對了，總經銷的陳董請我吃飯，妳若看完了，把選出來的稿子打張表給我，放桌子上就可以下班了。」

在下午四點的時候給這種東西，我要幾點才能下班?!她瞪著思聰的後背，若是目光能殺人，他的後背肯定有幾個透明窟窿。

後來她的確下班了——來得及搭最後一班捷運。回到家梳洗完畢已經兩點。這才想到，好吧！我用什麼時候寫下個月要出的書呢?家裡又沒電腦。

跟思聰說了，他皺眉很久，非常壯士斷腕的說，「好吧，公司這台電腦妳就搬回去好了，我們再買台新的電腦。」悲壯了很久，「那下個月就從妳的薪水裡扣，兩萬塊就好了。」

兩萬塊?!這部爛電腦要兩萬塊?!她冷冷的，「不用了，我自己想辦法買一台。下個月領了稿費我就去買台新的。」

「哎呀，那進度會延遲欸。好吧，一萬五。」思聰心痛極了。

「一萬。多一毛錢我也不付，你敢從薪水扣，我跟你拚命。你要扣就扣版稅的票!」綠香也氣了。

思聰幾乎是痛心疾首的，「妳……當初買的時候四萬多塊欸！」多久的當初？七年前一台486還要五萬多哩！「好啦，拿回去用，趕緊把稿寫出來！」

回去看了網路的二手版，發現相同等級的電腦五千塊還被嫌貴，綠香氣得乾噎。

這還沒什麼，第二天的確就有新電腦可以用了，雖然是二手的，還是非常漂亮的橘黃果凍色的電腦，擺在桌子上真是小巧可愛的——iMAC！

「老闆，你太高估我了。」瞪著連開機都不會的 iMAC，「我只會用ＰＣ！」

「放心，麥金塔是最人性化的電腦呢！看看就會了。以後妳就可以直接用這台電腦看稿和校稿呀。要不然都得印出來才校稿，多傷呀。哪樣耗材不用錢？排版和封面設計又都用麥金塔。」

她隱忍了一會兒，「那，先告訴我，這機器怎麼開機？」

「很簡單呀，」思聰熱心的找了半天power鍵，搔搔頭，「妳打電話去問好了，這是賣主的電話。」

若不是思聰出去了，綠香打算從他的祖宗十八代問候起，一直到他的子子孫孫。如果他沒絕子絕孫的話。

就這樣，綠香白天對著iMAC生氣，晚上對著那台老是當機的爛電腦生氣，她幾乎把iMAC的操作手冊翻爛了，跟賣主電話熱線到對方開口要約會。

嘆口氣，什麼事都是有代價的。

遠遠的看見東張西望的偉岸男子，她走過去，「李先生？」

李巍卻呆掉了。

11

聽著電話裡慌慌張張又愛哭的聲音，總把她想得很嬌嫩，應該是剛畢業的小女生，沒用過麥金塔，只會用ＰＣ工作的那種。只是很好奇這樣的小女生怎麼能夠下定決心，說學就學，還把他電腦下載後都沒玩過的軟體克服得這麼順。

沒想到，居然是這樣一個成熟嫵媚的麗人。穿著規矩的套裝，領口繫著柔軟的白絲巾，柔軟豐滿的身軀像是飽飽含著甜美的水分。

發現李巍呆掉了，綠香對著自己嘆氣。是不是？才多久的光陰，她被思聰折磨得形銷骨立，憔悴的不忍卒睹。瞧，把人家嚇到了不是？她還設法畫了點淡妝才敢出門哩！

兩個人面對面傻笑了一會兒，綠香收斂了笑，「李先生，我們去喝點什麼好嗎？」這麼對著傻笑一個下午也不是辦法。

「當然，當然。」他慌張起來，怎麼看呆過去呢？多麼沒有禮貌！

要進咖啡廳，李巍撞上了還沒打開的玻璃門，好不容易坐定了，他又打翻了水。

「不不不……李先生，天氣有點熱，我們喝冰咖啡吧！」聽到他要點卡布其諾，綠香趕緊按住他的菜單。冰咖啡安全一點，打翻了也不會燙傷。

而且服務生為了他們已經忙了半天了。

總不好意思麻煩人家叫救護車，她對燙傷的處理程序又不熟。

一再罵自己笨手笨腳，告誡自己千萬不能再出醜了，「呃……羅小姐……現在跟橘子……我是說，iMAC相處得比較好了嗎？」

「謝謝你。要不是李先生的幫忙，我還真不知道該怎麼辦呢！可是，我不是什麼羅小姐，請叫我綠……咳，叫我美薇好了。」這名字真是俗得要死。

「我也不是什麼李先生，叫我李……」看見她嫌熱，把絲巾一拿下來，他又開始結巴，天啊……她那開襟的套裝，可以以看見深深的……深深的……「李……李……李巍。」拿著冰咖啡的手都有點顫抖。

他沒事吧？綠香暗暗捏把汗。再翻倒冰咖啡，她可沒勇氣繼續坐下去。「李巍，你還好吧？」

「我？沒事，沒事！」他攤攤手，險些忘了自己的冰咖啡，「只是昨晚沒睡好。」

「睡眠不足很傷的。」綠香感同身受，「我現在是三倍的蕭薔——每天睡三個小時。」

聽到她的譬喻，害李巍笑彎了腰，也對她有些改觀。

「妳去美國的時候念那個大學？」正準備出國的李巍對她的學校很有興趣。

哪個學校？慘了，她本來背得很熟的……「南、南加大。」應該對吧？

「真糟糕，我的學校在東岸。」他有點遺憾，「妳的英文應該很好吧？」

幸好在東岸……「不，我一離開，馬上就忘了個精光。」怎麼告訴他，我的英文超破的？萬一他考我勒？說謊果然不是好行為。

幸好他沒直接考綠香托福考題，倒是跟她聊了不少英詩。幸好中譯本大半都讀過了，真的被考倒也能尷尬的笑笑說，「我是寫小說的，不太懂詩。」

「小說？」他的眼睛亮起來了，「我記得妳說過，你們出版社出網路小說。妳應該也出書了吧？」

「對呀，我就是sade……」

李巍瞪大了眼睛，「sade？余綠香？她不是死了嗎？新聞刊得很大呢……」

慘了，「我的意思是說，我是sade的經紀人。」她捏了把冷汗，不要忘記，妳是羅美薇呀！臉上的笑有點僵。

「我想起來了，妳上過廣播對不對？剛好我也滿喜歡sade的文章，那一集我聽了。

真是感動呢。sade是個怎樣的人？」

「一個胖胖的，非常任性，有點蠢又天真的歐巴桑。」會被林思聰騙得團團轉，那還不夠蠢嗎？

「哈哈哈～妳真毒！不過，妳說話真有趣！」李巍擦著眼角的淚笑著說。

如果大家都覺得說實話有趣，這世界就沒有騙子了。

12

這是個愉快的下午，李巍突然有點後悔。

如果早一點認識就好了，再過幾天，他就得遠赴美國。他是個心地善良的男人，不希望在遠去異國的時候，還在台灣留下哀哀欲絕的女朋友，所以一直很克制自己，不對任何女人動心。

但是綠香動搖了他的決心。或許可以追求她？她也大不了自己幾歲，什麼時代了，還差那幾歲嗎？

他搖搖頭。

「哎呀……」綠香輕輕的說，有點歉意的。連續轟炸人家五、六個小時的iMAC使用法的確有點過火，而他們已經談到一九七六年，史迪夫鄔滋尼亞克和史迪夫嘉柏在車庫裡組裝第一部蘋果電腦了。

「我一定讓你厭煩了？」

「怎麼會?!」這次他真的打翻了冰咖啡，幸好只剩下一些冰塊，災情還不慘重，綠香笑著幫他把冰塊撿起來，用面紙擦了桌子。

「我……我快出國了。」他的確很喜歡這個嫵媚又風趣的女人，看見她黯然的表情，突然湧起俠義心腸，「不過，沒關係！」他沙沙的在張小紙片寫下幾個字，「這是我的icq帳號，這是我的e-mail。不管有什麼問題，妳都可以找到我，」臉紅了起來，「天涯海角。」

綠香笑彎了眼睛，「謝謝。」

等她轉身上了捷運，李巍的心裡還滿滿都是她的倩影。真是個成熟、嫵媚、又風趣的女孩子。不知道抱著她的時候……哇，她那馬里亞納海溝般的乳溝……不行不行，我的思想怎麼這麼下流。

發現他還在窗外呆站著，綠香笑著跟他揮揮手。累垮了。呆呆的一根大木頭，幾乎找不到什麼話題，第一次見識到什麼叫做「話題殺手」，雖然他的頭總是不由自主的往下四十五度掉落，她不只一次想提醒他：嗨！這裡，我的臉不長在胸部上。

不過他真的是個好人。

疲憊的笑一笑，茫然沒有焦點，對面的男人卻看著她，也跟著笑一笑。

我臉上有東西嗎？她打開隨身的鏡子，卻看不出臉上有什麼不對。

「妳好。」

她左右張望了一下，有點尷尬的，「你好。」

一路搭捷運，陌生男子一直跟她攀談，最後還想留下她的電話。本來有點困惑，後來也就釋懷了。

失業率這麼高……這個看起來體面的男子大約是直銷或保險員。大家出門混口飯吃嘛！

她卻不知道，整容手術非常成功，被折磨掉的幾公斤肉也讓她顯得神采奕奕，這樣舒服低調又知性的美女，已經不太多了。

真的不多了。那男人喟嘆著。滿街都是辣妹，已經「辣」到沒感覺了。要不就反其道，睜著大眼睛作可愛無知狀，一看就無力，覺得幼稚班的小女生可能懂事點。

綠香倒是一無所知的趕路，出版社的工作堆得跟山一樣，林思聰仍然不見蹤影。

手揮目送，一面接著電話，一面連上網路，有封信感謝她願意「照顧」、「深表感激」，並且會好好努力。看署名，叫做「綠意」。

她實在有點摸不著頭腦，照顧什麼？感激什麼？

正在丈八金剛的時候，「喂？」

「喂？」聽起來是個小女生的聲音，怯生生的，「我、我是綠意。請問，請問羅美薇小姐在嗎？」

「我是。」

「接到我的信嗎？我、我想想還是打電話過來比較有誠意。我，我真的很高興和sade姐一樣，讓美薇姐當我的經紀人。我真不敢相信……」又驚又喜的聲音微微顫抖，可見小女生多激動。

綠香也很激動，激動得有點發抖，不過是氣的發抖，「我也不敢相信。」

她默默的拿起話筒，撥給林思聰。

「什麼時候我又多了一個要照顧的作家？你不是說，我只是外行人？為什麼除了排版和美編以外，我還得管作家？管就罷了，為什麼我不知道？」她的聲音藏著火藥，思聰乾乾的笑，「沒辦法，沒人相信我呀……搬出妳和sade的名字，他們就暈陶陶的簽了合約，要不然，之前死磨活磨，還硬要看我身分證，怕我騙他們哩！」

為什麼只是希望封面稍微如自己的意，我會惹來這大堆麻煩呢？

「不要拿我的名義出去招搖撞騙！」綠香吼他。

思聰不說話。

「說話啊！你死了？」

「喂喂？奇怪，我收不到。喂喂？這樣好了，明天上班，不，後天上班我們再談吧……收訊真的好差……」

他掛電話了。

綠香把臉埋在手心。

隨著埋手心的次數增加，她又增加了不少需要照顧的作者和作品。

跑去觀察書市的時候，她很認真的找了很久，決定了下一本小說的書名。

「第一次謀殺老闆就上手。」

她相信會洛陽紙貴。

13

「綠香！不是不是……美薇，妳不會相信的，綠香的第一本『遺稿』破十刷了哩！我的天哪……上市不到兩個禮拜，金石堂已經進了前十三名，我的天哪……」思聰衝進來興奮的大叫。

綠香只翻了翻白眼，一面沙沙沙沙的寫著字。

「幹嘛？上排行榜還不開心？我可沒去買書唷。」他很清楚同業間的伎倆，許多衝上排行榜的書都是靠銀子砸出來的。大約買個五百本就夠上金石堂了，「這完全是『實力』欸！綠香……呸，美薇，這是我們夢寐以求的事情勒！現在金石堂一下單就是一千本，一千本溜！其他連鎖書店也在搶書，妳該看看總經銷的嘴臉，哇哈哈哈～」

他覺得痛快極了。前任老闆的臉像是吃了大便，剛剛還在總經銷那裡碰了頭，只看見那豬頭鐵青著臉，轉身就出去。總經銷的陳董連正眼也沒瞧他一眼，忙著招呼思聰。

多年的怨氣一起出清。

原以為綠香會跟他一起大笑，沒想到她連甩都不甩，就這樣沙沙的繼續寫她的東西。

「妳在寫啥？遺書？這麼專心？……辭職信?!」他大吃一驚，綠香把信往他眼前一丟，「你對了，我要辭職。你若要接手，我就交接給你。如果不要，我就交接給別人。」

她轉身對著可恨的iMAC，「我會把所有的工作事項列下來，包括我接手過的通訊錄，」靠！MAC的outlook居然沒有中文版！每次看到英文的工作列，她都想殺人，「怎麼？我的字醜？我承認。不過，辭職信還是用寫的比較有誠意。」

「喂喂喂，這是怎麼了嘛！」思聰急了，自從綠香來幫他打理出版社以後，他比請了三個人還好用。美編和排版都服她，文稿校對也都在水準以內，最重要的是，她寫的文案快又好，不管怎麼趕稿，都能夠在電話和雜務中寫出這些吸引人的字句。

「又怎麼了？幹嘛生氣了呢？我可是盡心盡力的教妳唷！不是每個人都有這種機會的！」思聰鄭重的說。

「我放棄好了。」綠香沒好氣的，「為了兩萬多塊，我這樣拚死拚活。你知道嗎？這個月沒有一天我睡滿三個鐘頭。三個鐘頭！我又不是蕭薔！你到底做了什麼？什麼也不做！」

「我們不是夥伴嗎？」思聰對著她叫，「我們是命運共同體欸！」

「那我專心寫好了。」綠香開始動手修下個月的稿，「我錯了，來上班真是個蠢主意。反正你又不重視我的意見。」

「怎麼會？我重視妳所有的意見！」思聰急了，「我連封面和排版都讓妳拿主意，妳還有什麼不滿的？」

「你改書名通知過我嗎？」一想到電話那頭眼淚汪汪的綠意她就火大，「為什麼改好書名才通知我？吭？」居然書印好進了公司她才知道，「連isbn都改了，為什麼我不知道？封面設計得好好的，你跟封面設計說什麼？」

這蠢人居然跟封面設計說，感覺不對。

「美薇姐，」困惑的外製美編說，「對不起，什麼叫做感覺不對？什麼感覺？」

她握著話筒的手心直冒汗，我也很想知道。

「你說啊！什麼感覺?!」綠香炸了起來，思聰實在滿想就地找掩護，為什麼不找個脾氣柔順點的女人，為什麼？這麼咄咄逼人，他一定是瘋了才跟她合作。

他乾笑，「封面……封面當然不錯呀……」擦了擦汗，綠香的眼睛像是會殺人，就跟她講別割雙眼皮，割完以後，本來就大的眼睛像是有死光線，「但是，基於市場考量，那個封面……封面恐怕不會長紅大賣……」

「設計成紅底就會大賣是吧?!」綠香氣到沒力，「林主編，你當了十七年編輯，你倒是拿出良心來說，這是你的專業判斷嗎？」

「又……又不是我說的……」為什麼在她面前，連一絲老闆的尊嚴都沒有？「是……是經銷商說的……」

綠香氣怔在原地，拖過一口紙箱，忿忿的往箱子裡丟自己的私人用品，「太好了，太好了。你去找『經驗豐富』的經銷商替你當主編吧。真是了不起的見解。書名的字體改成楷體，也是他們的意見吧？真是太完美了……」她握緊拳頭，「我有眼睛以來，從沒見過那麼俗的字體！你破壞整個苦心設計的封面！你叫我怎麼跟花了六個小時修頭髮和翅膀的插畫家和兩天沒睡的美編交代！」

思聰被她吼得頭暈目眩，還是一把搶過箱子，「綠香、綠香！妳冷靜一點！我們是小出版社，經銷商的意見本來就很重要呀……」

「那群死老頭除了會喝酒，還會幹嘛?!」綠香忿忿的把箱子搶回來。

「妳以為喝酒很輕鬆呀?!所有的人際網都是從喝酒開始的！這就是出版界的文化！懂不懂？文化！妳不要把出版界想得太清高，還以為這是什麼文化事業！」思聰也吼起來。

「妳曉得唯二政府不補助的行業是什麼？媽的，就是『特種行業』和『出版業』！這兩個行業的共通點就是得賣笑！妳以為我愛喝呀？如果我不去喝，大家就覺得我沒意思，通路就不配合，不配合還賣個屁！不是妳才在工作，我也在工作！」

這輪大吼讓綠香靜了下來。他就知道綠香是能講理的。

「綠香……」他打了自己一下，「美薇。妳也知道我身不由己。誰愛這樣喝呢？誰愛老是醉得不能開車呢？再醉我也得爬起來跑製版廠印刷廠，我敢叫妳去嗎？妳要是覺得太辛苦，要不然，讓妳去喝酒跑印刷廠，我來做其他的。只是，」他攤攤手，「妳是女孩子，我實在會擔心。」

綠香停下手，往椅背一靠。

「我知道妳拿薪水拿得很委屈，我也知道妳工作得很累，」她軟化了，這死女人，老是愛跟他比聲音大，「但是，這個出版社妳是有份的。」他拍拍綠香，「真的，我會分股份給妳，這是我們的事業，不是我一個人的。我分三分之一的股份給妳。股金可以先欠著。反正妳的書賣得不錯，就從未來的版稅扣，妳覺得呢？想想看，綠香，這是我們事業的開端。不是妳說謊有罪，我也跟著妳說謊。但是，這本來就是個說謊的世界。只有妳和我知道真相。」

她深深吸一口氣，「不要再聽總經銷的蠢意見。」那群什麼都不懂得蠢老頭。

「我答應妳。」反正現在書賣得好，總經銷都得回頭聽他的，「但是妳真的不能辭職。妳離開了，這邊我一個人沒辦法打理。妳見過剛開始的慘況。」

「我總覺得又被你唬弄了。」綠香疲倦的抹了抹臉，「三分之一的股份？版稅什麼時候結算？」

「照合約精神，每半年結算一次。」他笑咧了嘴，「半年後，妳就是出版社的股東了。雖然現在就已經是靈魂人物。」

「你拿死去的綠香和我的名字擦亮你的出版社招牌。」綠香喃喃的說。

「『我們』出版社的招牌。」警報解除，他終於鬆了口氣，「來，綠香，有個作家小朋友似乎惹了一點麻煩。她幫某個企業總裁寫的自傳，讓那個總裁有點不開心，問題是書都印好了。」

當初她就反對過這種歌功頌德的自傳，但是思聰堅持，「妳不懂，大企業的總裁愛死了這種自傳。就算他不明令企業體人手一本，那些逢迎拍馬的傢伙也會設法買本來表示忠貞不貳。光賣他們公司的人就賺死了。反正我們寫手多，順便訓練一下文筆，說不定就是下個黃越宏呢！」

「你以為有滿地的嚴長壽可以寫？」綠香以手加額，「好吧，你是老闆。」

終於惹出麻煩。她嘆口氣，「好吧！那我今天準時下班，過去看看這位……欣怡。」印象中是個很愛打扮，討人喜歡的甜女生。

他笑嘻嘻的，看，雨過天青。他開始佩服自己舌粲塑膠花的功力。

「那我也去總經銷那邊繞繞好了。這個系列還要跟他們談一下。」到了經銷商那邊，剛好遇到一群出版社老闆和編輯，他躊躇意滿的跟他們聊天，然後又鬧哄哄的去喝酒。

「思聰真是了不起，大發遺稿財呢！果然交個會寫作的女朋友讚！墜機的幫你賺錢，連坐在辦公室的也幫你賺錢！」李董腆著肚子，有幾分酒意的曖昧說。

「那不是我女朋友啦！」思聰也喝了七八分酒，「綠香……不是，美薇只是幫我打理出版社。她是綠香的經紀人，書的版權在她那邊……脾氣真是要命，誰敢要她？今天吵著要辭職，求了半天，還花了三分之一的股份才留下她哩！」

「三分之一？哇靠，思聰，你也太大氣了。編輯滿街都是，兩、三萬就打死了，連我家小楊都想跳槽了，你怎麼不請他？」混出版社幾十年的老鄭打著嗝，「小楊，你說對不對？」

小楊穿著白襯衫牛仔褲，斯斯文文的坐在那邊，不像他們拚了酒，「我聽說羅小姐做得很不錯。外行人這樣就已經很好了。」

「聽聽，還不是外行人？」老鄭拍拍思聰的肩膀，「人心隔肚皮，小心這個女人囉……咱們老兄弟了，這才提醒你。幾本遺稿有什麼了不起的？過了新聞熱潮，她握著的那幾本破稿子就不算什麼了。你現在連幾版幾刷都讓她知道，不就什麼錢都想分？稿子又不是她寫的，她那麼貪幹什麼？」

這讓思聰的酒嚇醒了幾分。沒錯，這讓她每分錢都分得到，不像其他的作家，不知道自己的銷量，可以唬弄他們版稅。

綠香知道得太多。照她那種不轉彎的脾氣，一定也會要求照實給作者錢。

該死，為什麼讓綠香管帳呢？

看著他的臉色陰晴不定，老鄭和小楊交換了個滿含笑意的眼神。

「你知道的，老兄弟。誰不希望你好呢？若是有需要的話，就跟老哥哥說吧，」老鄭熱情的拍他的肩膀，「我和小楊都會幫忙的。」

「會的，」他喃喃著，「會有需要幫忙的時候。」

14

滿懷心事的躺了一夜，天亮好不容易朦朧睡著，一到十點又跳了起來。

小心翼翼的進了辦公室，發現綠香像是八手章魚似的忙著接電話和校稿，嘴裡安撫著，眼睛還死盯著電腦螢幕。

「早。」在電話的縫隙，他好不容易跟綠香打了個招呼。

「早。」不到十一點呢！思聰轉性了？他不是不到下午看不到人嗎？

「我想……」思聰小心的吞了口口水，有點想把安全帽戴在頭上，「我想，綠香，公司的帳務還是我管好了。」

綠香盯著他看不到兩秒鐘，他的心跳卻飆過一百三。完了，她要發脾氣了……

「好呀！」綠香把整個檔案夾放出去，還有幾大本的總帳和零用金帳，「喂？我知道顏先生的時間不多……是，是！這都是我們的疏忽，讓我們當面……不不不，這絕對不是我們的本意……不，拜託，請幫我接給顏先生好嗎？喂？喂！」她無奈的掛掉電話。

思聰鬆了口氣，有點大赦的感覺，不敢相信綠香就這樣放棄了帳務。

難道她從頭到尾都沒藏過奸？他搖搖頭，把這種心軟的感覺甩掉。

那是因為她還沒了解到帳務能帶給她多少好處。說不定她是裝的，等等就又要跟他辭職。

「綠香，咳，美薇。我不是不相信妳才把帳務收回來的，」他急著說，「實在我看妳太忙了，這才把帳務收回來，要不然妳的工作量……」

「我知道呀！」綠香奇怪的望了他一眼，「本來帳務就得你做。印刷廠和製版廠的帳我又看不懂。每次對帳單對得我都頭昏腦脹。你呀，該多負點責任，懂不懂？你是公司老闆勒。我光讓欣怡這件事情就煩死了，我會有時間整理帳務？收回去很好，我不是機器人！」她抱住腦袋不響。

杯酒釋兵權。沒想到連酒都不用一杯，就把經濟大權拿回來了。

「對呀對呀，妳真的太忙了……」趕緊把帳簿放進抽屜裡鎖好，「欣怡的事情怎麼樣了？」

「很糟。」她把一封存證信函拖出來，丟給思聰，「對方不允許我們出版。出版就告我們。」

「為什麼？書都印好了！」思聰有點火大，「妳這個主編怎麼做的……」

「我才要問你這個印務怎麼做的！」綠香氣了，「我不是說，這本書要讓被採訪者看過才發工單印書嗎？顏先生看了沒？我說要印了嗎？」

思聰一下子訥訥的，「我哪知道……草稿送去都一個多禮拜了……」

「這下好了，這篇採訪有個部分是顏先生死都不願意放上去的，我們的小作者卻沒告訴我，還寫得哀婉動人，這下真的死掉了……」綠香趴在桌子上頭痛不已。

思聰搔了搔頭，「這本到底哪裡沒寫好？我覺得很讚呀！」

她闔了闔眼睛，「你知道顏先生的背景嗎？」

「言必信電訊亞洲區執行總裁？對了，他是言必信最年輕的總裁，今年才三十八歲。」思聰聳聳肩，「他是台灣十大最有身價的單身漢，賣相佳，能力卓越。我記得欣怡對他崇拜得要命，整本書都歌功頌德……出了什麼差錯？」

「你知道他少年的時候和一個女作家有過一段情嗎？」綠香倒了杯水。

「女作家？哪個女作家？」思聰苦苦回憶書裡面的情節，「我只記得書裡頭寫她是自殺的。」

「自殺的女作家多得很好不好？邱妙津自殺，三毛也自殺。」綠香瞪了他一眼，還說是十幾年的編輯呢，只會講業界八卦，對作家生態一點也不關心，「記得林非羽嗎？寫過『躁鬱症者死亡記事』那個？」

「非羽？唉呀！我記得她！私生活很亂那一個？」

「寫情色文學私生活就亂？你怎麼不說李昂？」狠狠的瞪了這白癡一眼，「總之，十五年前，女作家林非羽遇到了大二的顏先生，他們戀愛了三年。」

思聰一臉迷惘，「但是，林非羽十幾年前就自殺了……」

「十二年前。她的『躁鬱症者死亡記事』得了縱橫文學獎，前一年千辛萬苦的離成了婚，事業和愛情都到了巔峰的時候，她自殺了。」

「這關顏顏昭文什麼事？他又吵些什麼？」思聰越聽越糊塗。

豬頭，「顏昭文和她交往的時候，她還是已婚的身分！懂不懂啊？林大主編？」邏輯能力這麼差，還當什麼主編呀？

他想起來了，欣怡還特闢了一章將這段愛情故事寫得哀慼低迴，他差點掉眼淚。

「我不懂。這又不會傷害他什麼。」思聰聳了聳肩膀，「他現在是言必信的總裁了，這點小小的風流韻事恐怕只會讓人羨慕而已。」

所以說，這個男人的腦子徹頭徹尾都是豬腦細胞，「但是會傷害到林非羽呀！大哥！這段戀情非常隱密，雖然林非羽的後期小說的男主角『雨夜』就是顏昭文，卻幾乎沒什麼人知道。欣怡這個小朋友不知道怎麼千辛萬苦的找到資料，跟顏培文訪談過。顏培文願意談，卻不願意她寫……」

「結果她寫了。」思聰有點洩氣。早知道就不要那麼早發工單。

「還寫得很好。」綠香抹一抹臉，「印都印了，我也不想多說。先擱著，我會想辦法解決。」擰一擰眉間。

「經銷商怎麼辦？我答應他們下個禮拜就發書了……該死！我要欣怡賠償我們所有損失。」思聰忿忿不平。

「我不准你這麼做。」綠香冷冷的看他，「這件事情最主要還是你錯。誰讓你這麼早發工單？你為什麼不等回音？你的錯誤卻要作家負責，這太沒有責任感了。」

她煩躁的走來走去，「我會設法擺平，你別想些奇奇怪怪的花招欺負我的作者，我是會拚命的。」

雖然發出這樣的豪語，結果顏培文的祕書一直讓她吃閉門羹，真是心灰意冷。

晚上看見了李巍，她不禁訴起苦來。可憐羅美薇就剩這個朋友。

「非羽？林非羽？天啊，我是她的 fans。國中的時候和她通過不少信呢！」李巍興奮的語氣幾乎穿透過螢幕，旋即同情，「妳慘了。若是得罪了顏學長，可能顏學長還笑笑，得罪了非羽姐，他非扒掉出版社一層皮不可。妳等著吧。」

「顏學長？他是你學長？」透過ＩＣＱ，她的手興奮的有點發抖。

「對呀！非羽姐是很疼我的。十幾年前的事情囉……後來非羽姐過世了，因緣際會，我又進了顏學長的母校Ｍ大，他以傑出校友身分來演講的時候，還特意來看看我哩。他對非羽姐的朋友們都很長情。」

這說不定是個機會。

「拜託，你和他還有連絡吧？」她在鍵盤上運指如飛，「讓我跟他見一面，拜託拜託……」

「啊？」一下子把李巍難住了，三、四年沒音訊，這麼貿貿然的……

「求求你……」

唉，他就是無法拒絕美女的請託，「我試試看！」

綠香鬆了口氣，不意李巍又送訊息過來，「不過，妳還是做點功課，把非羽姐的所有作品都看過吧！這樣可能打動他的心弦，讓他不那麼生氣。他對待非羽姐的敵人非常殘忍，一有能力，就逼得她前夫破產。」

她覺得脖子一涼。這個小出版社，真是風雨飄搖……

要找全林非羽的作品不容易，欣怡哭著給了她一本（這個時候哭管什麼用？），她翻遍所有大小書店，也只得了一本『躁鬱症者死亡記事』。

她決定到幫林非羽出書的出版社去。

發現她找林非羽的作品，安靜的主編將眼鏡拿下來，這男人若是年輕十歲，實在好看得緊。

「非羽的作品？恐怕都沒有庫存了。」他微微一笑，「沒有庫存也罷，她的書沒人好好照顧過。」

綠香聽出苗頭，「如果你喜歡林非羽，就可以好好照顧她的書。」

他靜靜笑笑，伸出手，「蔣中帆。可惜我來不久，她就過世了，」他低頭，「只來得及見她一面，還是新人的我，沒法子照顧她。」

「蔣先生……你……你是為了林非羽才來這家出版社的吧？」綠香試探著問。

他笑了起來，「反應很快，」看著綠香的名片，「羅小姐。她已經快被世人遺忘了，妳怎麼會想到要找她的書呢？」

綠香有點躊躇，不過還是把跟顏培文的糾紛說了說。忍不住，她又說，「我只看了『躁鬱症者死亡記事』。不過，我不明白，貴出版社為什麼不繼續出她的小說呢？她的小說應該是長賣型的。」

「這要分兩部分。出版社的短視近利和版權所有人的堅持。」他替綠香倒了綠茶，「第一部分，我們就不談了。第二部分，綠香的版權已經不在我們手上。」

「那是……？呀，顏培文?!」綠香有些驚訝，她沒想到這個年頭，還有人長情若此。

他笑著點頭。「的確我沒有庫存書。不過……」

不過？

「不過我有些檔案。」他欠了欠身，熟練的在電腦裡找到資料拷貝了一份，「這是她所有寫過的稿子。恕我不能把原稿給妳。」

十幾年前……「她應該是手寫稿。」

「對。她是手寫稿。當初還是照相製版的呢，那些打字的資料當然也不存在了。不用懷疑，這是我自己打的，算不上是公司資產。」

她怔怔看著眼前好看的中年男子，不知道怎麼會有這樣忠誠的讀者願意為她生前死後做這些奉獻。

像是察覺了她的詫異，「因為她的文章照亮了我黯淡的生命。」他輕輕的回答，「在她受過的苦楚裡頭，我發現我受的苦楚也有人感同身受。我很高興，我不是孤獨的。她指了條鮮明的道路給我，讓我看到更遠更美好的風景。」他有點羞澀的笑笑。

這輕巧的磁片，卻如千斤沉重。

「但是她自殺了。」

蔣中帆點點頭，「是。她只是沒有信心了。死在最幸福的時刻，就能夠凝聚所有的美好。她大約不相信生命會一直善待她，而她也真的受夠了。這樣的結局很好。」

真的很好嗎？這樣的結局！

「羅小姐！」正要轉身離開，蔣中帆叫住她。

轉身過來，蔣中帆帶著一種傷感的微笑，「妳很堅強。不像非羽那樣疲憊厭倦。但是……妳們是有點相像的。妳背著光走進來，我以為非羽回出版社了。這真是……這真是我這幾年最快樂的時光。」

綠香覺得有些歉意，「很抱歉讓妳失望。」

「不。我很高興。」他舒開眉頭，「如果有任何我幫得上忙的地方，請告訴我。」

對他微笑，疑惑的。

望著手裡的碟片，不知道為什麼，覺得有些燙手。

15

一整夜，綠香都沉浸在林非羽憂鬱而瘋狂的世界裡，她的眼睛根本離不開螢幕，心裡湧著黑暗的驚濤駭浪。

不可能。這不是個女人寫得出來的東西。

中間她打電話給中帆，時間是凌晨三點。

手機一通，她昏昏的無法脫離，「她的稿，你修過？」

「沒有人能修非羽的稿。」雖然渴睡，他還是一下子把她認出來，「非羽不許任何人碰她的東西，就算是錯字也要親手修過，不給任何人碰。」

握著手機，她沒有說話。

「妳一夜想看完嗎？羅小姐？不，不要這樣折磨自己。看完妳會做很久的惡夢。分個幾個禮拜，慢慢看完，好嗎？妳的時間無窮無盡。」

輕輕嗯了一聲，她收線。

寫作本來就是老天爺賞飯吃的行業。但是看了林非羽的小說，她突然有封筆的疲倦。

誰能寫得比她好？那種絕望而嘲諷的黑色溫柔？她把生活的一切顛沛流離疏遠的重新組合排列，用優雅如黑絲絨的筆調，陰墨墨的侵襲著，像是在耳邊輕訴：

誰也沒能逃掉。誰不是生下來就往死裡奔？所以這趟旅程，妳該戲謔瘋狂而歡笑著哭泣。世間沒有所謂的正常，只有一千種瘋狂的面貌。

的確睡不好。筆下殘酷的場景一場場的在她的夢裡展現。那是精神病患的清醒和鮮豔，她似乎可以看見血塊和內臟，暴露出體腔的心還鼓動著，襯著雪白嬌豔的身體，赤裸著。

她讓鬧鐘吵醒的時候，還陷在驚懼憂傷的情緒裡哭泣不已。

上班的時候非常委靡，思聰仔細觀察著她的臉色。難道是為了帳務的事情哭了一夜嗎？

「呃……美薇……」他清清嗓子。

擺擺手，「我沒事。」是的，我沒事。只是小說而已。再說，天亮時又看了林非羽比較溫厚的文章，覺得陰霾中到底透出一絲金光。

果然是為了帳務的事情。思聰有些不高興，還說不藏奸呢，果然她早就覬覦著，只是現在不好發作出來。心思真是歹毒深沉。

綠香一無所覺的忙碌，只是精神一直恍惚著。直接到了顏培文祕書的電話，她還愣了一下才反應過來。

「羅小姐？顏先生明天下午有空，妳有三十分鐘的時間。可方便過來談談？」

「方便方便！當然方便！」她的心臟突突的跳著，「幾點？三點半？呵，我一定到，我一定帶著林欣怡……咦？只要我？林小姐不用？」她在留言簿的備註畫上好幾個問號，「好的，明天我會單獨去的……謝謝，謝謝。」

只有我？

雖然納罕，她還是不到三點就在附近的丹堤咖啡看稿。欣怡在電話裡哭得悉哩嘩啦，一直說對不起。

「林老闆要我賠呢……美薇姐，怎麼辦？」綠香一面注視著手錶，一面安慰她，「他只是氣頭上，不敢這樣的。別理他。我會把事情擺平的，乖。將來別這麼樣任性了。」

「我……我只是覺得這是他人生最精彩美麗的一段，為什麼不能說呢？」欣怡還是哭著，「有段永遠不褪色的愛情，是多麼幸福的事情！」

這讓她恍惚了一下。她也曾經抱著這樣美麗的幻想進禮堂，優雅的白紗禮服，後來成了失敗婚姻的喪服。

如果她和前夫當中某個人在愛情尚未凋零前死亡，這段愛情可能永遠鮮豔嬌嫩的存在活的人心裡。

甩甩頭，「我懂。但是總要尊重人家的意願，對不對？將來妳得當心被訪者的想法。」

「我再也不想採訪任何人了。」欣怡的聲音裡頭有著深深的沮喪。

「胡說！從哪裡跌倒，就要從哪裡站起來。懂不懂？」一看時間就要到了，「別擔心，我會處理好的。」

挺直背，她走進那棟氣派的辦公大樓。

正奇怪顏培文的祕書怎麼一個多過一個，那個「疑似」男祕書的人抬起頭，「午安，羅小姐。」

她眨著眼睛，半天才認出這個俊美的男人就是顏培文。封面的照片是誰照的？把他照得那麼老？她一定要開除那個攝影師！

三十八?!他看起來不過二十八九歲的美青年！

「妳認識李巍？這孩子拚命的幫妳說好話，幾年沒音訊，一開口就是求人——當年入伍被老鳥欺負到進醫院都沒開口的鐵漢，居然開口拜託起來，害我覺得好氣又好笑——雖然求得結結巴巴就是了。」他含笑，原本犀利的眼睛出現了一絲暖意。

她也尷尬的笑笑，慘了，跟李巍不太熟，也不過見個面，傳傳ＩＣＱ，還總是麻煩人家，居然讓人家欠人情，心裡面著實不安。

「呃，顏先生，我再一次的表達歉意。」她吞了口口水，「欣怡只是覺得這段戀情太美麗，不應該就這樣淹沒。她的確欠思考。不過，書已經印好了……這將使我們面臨重大的損失……」

「美麗？她看到美麗之下的疤痕嗎？」他笑意一收，「羅小姐，我能體諒貴出版社的處境。事實上，我也看了原稿，的確，林小姐已經盡量照事實書寫了。我肯定她的努力。所以，我可以不控告貴出版社。」

綠香鬆了一口氣。

「不過……」他微微一笑，「我要全數收購貴出版社的這本書。原價無妨，不過僅此一刷，不能夠再版。」

綠香怔怔的看著他，她明白，這是他最大的讓步，思聰如果知道，一定會欣喜若狂……

「不。」她脫口而出。

正低頭拿出支票簿的培文抬起頭，挑高一邊眉毛，「不？」

「如果林非羽還活著，你覺得她會高興嗎？她根本不把世俗的榮辱放在心裡。但是你否定你們兩人間的戀情，一定會讓她很傷心的。」

他的臉一沉，綠香居然覺得有些畏懼。這樣俊美的人一旦陰沉起來，就像辦公室迴響著低低的雷聲。

「我否定我們的戀情？我何必否定？我若否定我們的戀情，她死時我又何必在靈堂家屬答禮？我一輩子就只能背負著她的自私獨斷獨行而傷心卻不捨。我巴不得天下的人都知道林非羽只是我一個人的。」他握著筆的手指節發白，沉默片刻才調整呼吸，「這世界不是為你我獨存的，羅小姐。她還有孩子，我不願她的孩子受傷。這是我答應她的。」

綠香鼓起勇氣，「孩子應該有他們的天地吧？十二年了，他們應該跟你當時的年紀相當。我看過林非羽所有的作品。她深愛『雨夜』，願意放棄一切的一切只跟雨夜在一起。你不該為了任何理由否定這段生命。這也不是她願意的。」

培文突然有些恍惚起來。李巍說，「羅美薇有種非羽姐的神態」，現在他有些感覺了。這些話，像是非羽附身在這個高佻暴躁的女人身上一樣，橫過多少歲月，對著他說。

「從來介意的人，只有你。」非羽似笑非笑的，「既然你這麼介意，我去離婚吧！」然後帶著臉頰上的烏青，對他亮亮手裡的離婚同意書和戶口名簿。

非羽，妳總是這麼任性，這麼自私，自傲又自卑，又這麼的霸道。

他垮下肩膀。

「羅小姐，就照妳的意思做吧！」他的聲音疲倦，「我放棄控告貴出版社毀謗。」

她站起來，看見培文被打垮的樣子，突然說不出的情緒湧上來，拍拍他的頭，突然覺得自己冒昧得可怕。

「對……對不起……」綠香只想把自己的手砍下來，該死！居然這樣砸鍋！

他笑了笑，眼睛裡的精神都回來了。

「羅小姐，聽說妳是余綠香的經紀人？」閃爍著慧黠，「余綠香的作品我大概都看過了，很不錯，滿有林非羽的影子。」

「嘿！之前我可沒看過林非羽的作品……」媽的，他問『綠香』，又不是問『美薇』！「呃，綠香當然也沒看過。」

「我想是。」他很溫和的，卻讓人毛骨悚然，「非羽過世後，她的書的確大賣過一陣子，第二年就漸漸被遺忘了。新聞熱潮不饒過誰，尤其是風格冷冽又沒實用價值的作品。」他自言自語著，「非羽是笨了，她總是遺憾看不到死後哀榮。現在的女作家聰明多了。」

綠香全體的汗毛全體立正，差點打起擺子。我哪裡露出破綻了？這傢伙有X光眼嗎？他這樣講……是識破了我什麼？

顏培文的祕書救了她，「顏先生？四點半還有會議。」

她結結巴巴的道別，幾乎是落荒而逃的。

培文望著她狼狽的背影，唇間湧起一個真正的微笑。

16

驚嚇過度，回去馬上生了一場腸胃型感冒。

軟癱在床上兩天，被思聰的電話罵了又罵，終於拖著病弱的身體去上班。

她痛恨自己該死的體質。從小受了驚嚇或情緒轉換過分激烈，都會拚命拉肚子、感冒，然後發高燒。所幸顏培文似乎沒有透露半點風聲，她提心弔膽的看了幾天報紙都沒事。

現在她一面喝著薑湯，一面發虛著接電話。

「妳遲到了一個小時！」思聰把兩封信丟在她面前，「妳事情怎麼辦的？這幾天我光接妳的存證信函就接不完！」

她先把已經撕開的存證信函拿出來，發現是自己的母親寫來的。她呻吟了一聲。即使「綠香」死了，她還是乖乖的每個月寄一萬塊回家。

現在她又吵什麼？綠香「死」了，版權明明白白的讓渡給「羅美薇」。

「妳的好媽媽！妳想辦法去擺平！要不然她又要告我們了！我真是倒楣，出版社開沒幾個月，老是有人要告我！」思聰只會在那邊大吼大叫。

「你叫什麼叫？」綠香擤一擤鼻子，「你沒看我病了？哪個公司行號不准夥計生病的？我媽媽？騙她我死了這件事情，你就沒有份？我病得要死，你就不能夠去問問看她要什麼？」滿紙不知所云的存證信函，歪七扭八的字跡倒是很眼熟。

「妳自己的問題，自己解決！版稅又不是我賺的，我那麼盡心盡力幹嘛？」思聰還是氣呼呼的，「妳不是說妳會擺平嗎？怎麼顏培文又寫存證信函來了？」

「就我賺版稅，你沒賺錢？都二十幾刷了，你沒賺錢？」綠香吼回去，不耐煩的拆開原封不動的信，快速瀏覽一下，「連拆都沒拆，你吼什麼吼？」把信往思聰桌上一丟，正想大發作，偏偏肚子痛得要命。

衝進洗手間，不禁悲從中來。

整容後，連經銷商都會色瞇瞇的看她，上回還被個喝醉的糟老頭捏了一把，差點老大耳刮子把他打翻過去，要不是思聰架住她的話。別人家當美女，超凡脫俗，就算身有痼疾，不是氣喘過敏，要不就心臟病，古典一點的還有肺結核，時髦些的生白血病。光看就令人生憐。

只有她這個倒楣人工美女的痼疾是情緒性拉肚子！

你聽過美女拉肚子的嗎?!

拉肚子就算了，居然讓騙她「自殺」的傢伙罵活該！

一時心酸，抓著滾筒式衛生紙哭了個山崩地裂。哭到臉都腫了，也拉到虛脫了，這才軟綿綿的爬出來。

思聰像隻老鼠似的縮著，一個字也不敢吭。

「再叫呀？再繼續叫呀！你連訂單和回函都會看成存證信函，現在怎麼不叫了？我猜你不希罕言必信的一萬本訂單對吧？我馬上打電話去告訴顏培文，我們老闆心大，請你金石堂買去！」她沙啞著嗓子發火。

「別……別生氣……」思聰訕訕的倒了杯溫開水，「吃藥吧！」

吃藥？炸藥嗎？「你欠我一個道歉。」她忿忿的撕開藥包。

「道歉?喂,美薇,我是老闆欸……」思聰很不開心,這個老闆當得太窩囊了!綠香實在太囂張……

被她一瞪,他又禁不住發抖,「老闆不是人?做錯不用道歉?!」

「對、對不起!」思聰咬牙,有機會一定踢掉她,絕對!她太讓男人下不了台了。

罵歸罵,她還是設法跟媽媽約了時間見面。母親的眼神疏遠客氣而惶恐,「呃,呃……羅小姐,阿請進請進……」

「余媽媽,怎麼了?什麼事情不打個電話給我?老闆接到信氣得大跳大叫。這個月的一萬塊沒匯進帳戶嗎?」想來感慨,這輩子自己的娘親最鄙夷她,就算把薪水雙手奉上她一樣不停嘴的罵。

自己還是自己,只是眉眼動了些手腳,套上個「羅美薇」的殼,母親立刻誠惶誠恐。

對女兒和外人截然不同。她實在願意選擇當個完全的陌生人。

「阿錢是收到了啦……不過吭,羅小姐,妳知道的嘛,現在景氣不好,什麼東西都一直漲價溜，一萬塊不太夠用了。我想……我想……我想把綠香的那個什麼……什麼權的……那個出書的權拿回來啦……」她一直搓著手，討好的笑。

不夠用？「余綠香」墜機死掉，航空公司和保險公司賠的那些錢呢？人心不足。

「余媽媽，綠香真的把版權都簽給我，我負責還清她的債務。這是我們在合約裡明訂的。」她將一份副本給媽媽，「合約裡並沒有每個月要給妳一萬元的約定。余媽媽，這是我額外給妳的。」

出生不是我願意的，就像妳也並不想要我這個女兒。小孩子和父母氣質不和就是不和，怨天恨地也沒用。就當我真的死了，航空公司的賠償金，應該可以療養妳小小的悲傷。

但也不要這麼不知足！

余媽媽吞了口口水，心裡覺得很窘。但是……

「綠香的作品都該是她媽媽的！妳不知道用了什麼手段偽造！」冷冷的聲音傳進來，她瞪著眼睛看該死的前夫走進來。

不對，「綠香」的前夫。

「阿輝呀，你來了，阿你跟羅小姐聊聊，阿我先去買菜，大家留下來吃飯啦。」提著菜籃就想落荒而逃。

「不，余媽媽，妳留下來。如果妳不留下來，我跟不相干的人談什麼呢？」越生氣反而越冷靜，她終於想起來存證信函那醜得要命的筆跡是誰的了。

原來都是這個無良前夫搞的鬼。

余媽媽侷促不安的坐下來，宋鴻輝瞪著她，「誰說我是不相干的人？我是余綠香的丈夫！」

丈夫?!虧他說得出口。「你不是跟綠香離婚了？還丈個什麼夫？」

美薇冷笑著。

這女人怎麼知道？反正余綠香死了，她根本提不出證據。

「我沒有證據？最好我沒有證據。我不過就有了份離婚同意書正本，」裱著框，掛在牆頭呢，「還有戶口名簿影本。要不要去戶政事務所查一下？快得很。」

「阿輝，你跟綠香離婚了？你們怎麼沒跟我講？」余媽媽又驚又怒，難怪阿妹一毛錢空難賠償也不給阿輝，阿妹一定都知道了，「阿你又要跟我分這個什麼什麼出書的權……」

宋鴻輝的臉頰抽搐著，「那不算！綠香只是跟我鬧意氣，我一時火大，才答應她的。她臨上飛機前還哭著要跟我復合呢！」

我呸，誰跟他哭著要復合？

「不是因為你的花柳病多到花團錦簇嗎？」綠香冷冰冰的說，「時間這麼久了，你到底是治了淋病沒有？還沒得梅毒嗎？老天真不長眼。」

連這種事，這個不相干的女人都知道了?!「那是她在外面『討客兄』傳染給我的！」他拚命分辯，只是兩個女人都投以懷疑的眼光，突然靈光一閃，「我知道了。難怪我找不到『客兄』！原來妳就是那個『客兄』！」

綠香霍的一聲站起來，緊緊抓住皮包克制自己拿菸灰缸砸死他的衝動，「你連這種話都敢說？這種謠言也敢造？你不怕余綠香半夜去找你?!」

這種地方，怎麼待得下去？她對自己的媽媽說，「余媽媽，這種侮辱我受不了。我再也不會來了。如果要告，那就告吧！我的確得到余綠香的授權，」我就是余綠香！「但是，余媽媽，不要聽信別人的胡扯，尤其是虐待你女兒的混蛋胡扯。我很願意每個月再多匯五千給妳，但是妳若不信任我，上了法院，我也會很高興把這個義務卸下來。」

都挨告了，還匯什麼生活費？

忿忿的走出大門，落魄的時候，誰理我有吃有喝沒有，會不會凍死，債務有沒有人處理。等我「死」了，大家可好，一窩蜂的像禿鷹一樣湧上來，看有沒有腐肉可分。

叫人連尋死都不願意。

回到公司大力的摔門，把頭埋進工作裡頭，效率飛快的寫文案。用力關上抽屜居然夾到手，她在心裡破口大罵，夠了沒？一個人倒楣有沒有盡頭？

看著烏青的指甲決定不去理它。心情已經壞到這種地步，電話一響，她還是努力控制情緒，「你好，四寶出版社。」每次接電話的招呼，自己都會無奈臉紅。

不知道思聰的編輯怎麼當的，這麼俗氣的出版社名字虧他想得出來。

「四寶？哪四寶？晚安，羅小姐。」話筒那邊傳來陌生又熟悉的聲音，「訂單收到了？我的祕書嚇得要死，林老闆好熱情，只差沒有磕頭謝恩。」

綠香把臉埋在手心，臉孔火辣辣。沒有一件事情她能鬆懈的，就算是確認訂單也不能交給林思聰去做，「呃，老闆只是想表達謝意而已。」

「下班了嗎？」一瞥時鐘，七點半，「應該下班了。」突然覺得疲倦到不行，「下班了下班了。工作又不會有人偷做。」

培文爽朗的笑聲傳過來，「我今天也意外提早下班呢。要不要一起去吃晚飯？我請客。」

「當然你請客，你的收入比我壓倒性的多呢。」突然覺得自己有點放肆，「呃，開玩笑的。」

「妳說得對。能邀請作家吃飯，我覺得很榮幸呢！」

被他這麼說，綠香的背上長了許多刺刺，「呃，綠香是作家。」

「羅美薇不是嗎？」他的聲音滲進戲謔。

覺得一脖子冷汗。說謊真的不是好事。「有些時候是作者。」小心翼翼的回答，希望沒踩到地雷。

「二十分鐘後，貴出版社樓下見。」他笑著掛斷電話。

握著話筒，她發呆。就怕他拆穿自己了，怎麼又答應了吃飯的約會?!

「大概今天實在太沮喪了。」她自言自語，「我想看到個正常的人，想要說說話。」

抹抹臉，她將一桌子混亂疲倦的掃進大包包裡，摸著黝黑的樓梯間下來。

思聰哪兒租來這種鬼地方？地方偏僻不說，連路燈都沒有。據說還出沒ＸＸ之狼。什麼鳥地方。

顏培文找得到嗎？

不耐煩的看著錶，突然有人把她拉到暗巷，摀住她的嘴。

這玩笑開得太大了吧？她跟顏培文又不熟！

「把綠香的版權交出來！」一柄銀白的小刀在她面前亮一亮，綠香高大英俊的前夫猙獰著臉，「綠香的一切都是我的，我的！X他媽的我花了幾十萬娶了她，不知道吃了我多少花了我多少，居然一毛錢也沒分給我?!我管妳是不是她的『客兄』，把版權交出來，我就饒過妳！」將她一把壓在牆上，揪住她前領，小刀晃呀晃的，「聽到沒有？」

你是豬嗎？持刀只能搶錢，你聽過持刀可以打劫版權的嗎？

「冷靜點，先生。」綠香深吸一口氣，「就算我想把版權給你，也得簽個合約什麼的，我怎麼會把版權讓渡書隨身帶著呢？」

宋鴻輝鬆了手，小刀卻還靠近她的頸邊。

「版權讓渡書在哪裡？趕緊給我！」

綠香對他的無知簡直無力極了。你以為版權讓渡書跟房地契一樣？我沒簽名，你要那個幹什麼？「好好好，我去拿給你。就在辦公室。」等走出暗巷，再想辦法脫困吧！

沒想到快到巷口，宋鴻輝把她一拖，眼睛淫邪的在昏暗的燈光下閃爍，「其實妳長得不錯。」

五官各就各位，的確沒什麼錯處。

他猛然的扒開綠香的襯衫前襟，「等我幹了妳，妳就知道什麼叫欲仙欲死的滋味了……女人就是這樣，一開始只會叫叫叫，等妳嘗過了我的大XX就知道了……綠香就是因為我的『能力』才離不開我的……」

她的表情只有厭煩，沒有慌張，「一觸即發的能力嗎？那的確不是普通男人有的。」

他抬頭，綠香連這個都跟她說？她還跟多少人說？誰……還有誰知道我早洩？

「妳……妳怎麼知道？」他的聲音發抖。

綠香眼球一轉，「因為……綠香就在你背後。」

他不由自主的往後一望，正好給她機會將大包包摔在他的右手，一傢伙把掉下來的小刀踢得遠遠的。

怒氣疊怒氣，她也忘了包包裡有四本精裝樣書，一面砸在他身上，一面對他吼著，「老娘是你強暴得了的？吭？你當老娘是軟腳蝦？吭？撒泡尿照照吧，王八蛋！你娘生下你就該淹死在馬桶裡，不要給人間帶來禍害！」砸斷了皮包帶子，隨手摸到暗巷裡的垃圾桶，不知道哪來的神力抬起來往他一砸。他嚎叫著逃跑，綠香不顧那傢伙一身狼狽，對他又撲又咬的。

宋鴻輝原以為逃出生天，沒想到巷子口有人又往他太陽穴一拳。他天旋地轉的靠在牆上。

「快叫。」阻住氣勢洶洶的綠香，培文低低的說。

「叫?!」綠香只想衝上去補打兩拳

「說：ＸＸ之狼呀！救命呀！」培文扶住她，「快！」

看宋鴻輝步履蹣跚的往前走，她扯開喉嚨：「救命呀！強暴呀！ＸＸ之狼出現了！」

幾個住戶持著木棍過來，吆喝著，他們一直想抓那個該死的色狼很久，居然這麼早就出現了！才八點！這王八蛋！

想要分辯，已經是一頓好打。

「好了好了。」培文分開激動的群眾，「留條命給警察先生做筆錄吧！」

綠香臉上又是泥又是汗，「我可以看看他嗎？你們有抓牢他嗎？」她喘得很。

「小姐，你不要怕，我已經把他捆起來了。」穿著汗衫的守望員義憤填膺的。

綠香點點頭，猛然一個左勾拳，宋鴻輝馬上有個天然的賤狗妝。圍觀的人全喝采起來。

「對不起對不起，她受了太大的驚嚇。」培文聳聳肩，「請不要告訴警察……她這拳……」

「咦？你說什麼？」守望員望望鄰居，「你看到有人打他嗎？你呢？你看到嗎？」

「沒有啊，那是他自己撞到牆角的。」鄰居攤攤手

「不是他跌倒時撞到自己懶鳥嗎？」大家都笑了起來。

一面甩著手，一面回巷子撿皮包。發現培文跟過來，她沒好氣的，「其實，我不用你救。」

「我知道。」他笑笑的幫綠香把粉盒撿起來，「事實上，我是救他。我若不救那個

強暴犯，他快被妳打死了。」

17

真慘，她最喜歡的大包包帶子斷了，折磨的又是泥又是青苔的。身上的襯衫釦子掉到只剩下最中間那顆還固守崗位，上下都陣亡了。

將包包抱在懷裡，沮喪的往外走，培文遞來一條雪白的手帕。

這年頭還有人用手帕？「不用了，會弄髒。」她沒精打采的走出巷子，警車熱鬧的轉著紅燈，警察趨前細問，還把暗巷裡的小刀撿回來。

「麻煩妳來做個筆錄。」看看她的身分證，「羅小姐？這位見義勇為的先生……」又看看培文的身分證，「顏先生？麻煩一下。」

「我第一次坐警車。」培文笑，「把臉擦擦吧。手帕洗洗就好了。」

「洗不乾淨的。」綠香向來怕洗衣服，「白色不禁髒。」

「沒關係的。真的。」

她接過手帕，擦著擦著，硬把眼淚逼回去。真是……為什麼當初會看上那種男人！匆匆的擦過眼角，狠狠地擤了鼻子。

「對不起……」她僵硬著，「我賠你一條。」

「一條手帕而已。」他不以為意，「家裡還有十幾打。可惜不在手邊，要不讓妳擤個痛快。」

「我只是……只是……對不起，造成你的麻煩……」幸好沒化妝，要不又是泥又是殘妝，眼線糊開，睫毛膏讓汗水沖下兩頰變成兩條黑黑的漬痕，可以直接去拍恐怖片。

「不是天天都能英雄救美的。感謝上蒼給我機會拯救美女。我還以為得去帝國大廈排隊，跟金剛搶金髮美女才能當英雄。」他笑著。

問完筆錄，她精神委靡的站在門口。

「回家嗎？我送妳。」她的衣服還有泥巴，可見剛剛的混戰多麼激烈。

「我要去吃飯。」她把大包包的帶子綁起來手提，「我要去吃飯。吃一頓好的，飽飽的忘記今天的倒楣。」

「但是……」他有些訝異，她襯衫唯一的釦子還搖搖欲墜，她要這樣去吃飯？「要不要先回家梳洗一下？」

「我不要梳洗，我要吃飯！」她一扁嘴，急急的往前走。

「聽我說……妳只剩下一顆釦子。回去換件衣服好不好？」哄著她，「我們一起搭車到妳家換衣服，然後再出來吃飯……」

「一顆釦子就一顆釦子！」她忿忿的往前，「被看又不會少塊肉！剛剛差點被強暴都不怎麼樣了……」咬緊嘴唇越走越快。

培文覺得好笑，剛剛那麼勇敢，現在卻執著在一頓飯上。他拉綠香，「嗨……」

「我要吃飯。」綠香聲帶哭音，「我要吃飯……要吃飯……要吃飯……」她推著培文，一面推，一面聲音漸漸變調，哭了起來。培文把她攬在懷裡輕輕拍著，「好好好……我們去吃飯。嗯？就去吃飯。」

拍著啜泣不已的綠香，他吩咐計程車一聲，帶她到西門町一家港式茶樓。哭到夠了，自己覺得不好意思，繃著一張臉，一進去就開始埋頭吃了起來。周圍都是不眠的夜貓子，瞪大眼睛看著這個衣衫不整卻努力吃東西的女人。

「還要熱毛巾嗎？」培文輕輕的問。

她點頭，堅毅的臉讓熱毛巾烘得粉紅。用過的熱毛巾像是小山一樣高高推起來。詫異的看著她拿筷子有點吃力，發現她有片指甲整個黑了。有些黯然，這樣奮力的抵抗，對生活也這樣嗎？

「對不起。」終於停手的時候，她虛弱的道歉。

「為什麼？我覺得今天晚上的約會很有趣。以後還出來嗎？」培文笑笑。

她的眼神掠過一絲迷惘。今天她的表現很糟，她知道。她真的不該打跑那王八蛋，應該又哭又叫的讓人家來救她。既然發揮女超人的神力，就不該哭哭啼啼。這樣既不柔弱也不英勇，男人不是最討厭這種中間路線嗎？

他的眼神掠過一絲溫柔。今天她的表現真好。他知道。不要命的跟強暴犯拚了，當然不太聰明……但是居然知道要打落強暴犯的武器，還踢得遠遠加以反擊，不是哭哭啼啼的等人家來救她。等一切塵埃落定，才准自己將害怕顯現出來。

現在她這樣迷惘脆弱的樣子，實在讓人好想保護她。

「呃……再出來吃飯嗎？」吃得太飽，她似乎有點鈍鈍的。

「對。妳在家裡等著，等我來接妳，妳再下樓。不會有人傷害妳。」他溫柔的攏攏綠香的頭髮。

她閃了一下，有點摸不著頭腦，「怕我傷害其他強暴犯？」

他笑了起來。「好吧，算是可憐這些強暴犯好了。」

虛弱的笑笑，一站起來，那顆疲勞過度的釦子也陣亡了。她窘得抓緊前襟。培文聳聳肩膀，把自己的西裝外套穿在她身上，細心的幫她扣好釦子。

「我……等乾洗好就還你。」還是不明白培文為什麼要對她這麼好。

「妳的伶牙俐齒哪裡去了？」拍拍綠香的頭，「不過今晚妳受夠了，我不怪妳。再出來吃飯，希望妳復原了。」

奇怪的男人。張著眼睛，她剛剛洗過一個非常燙的熱水澡，軟綿綿的倒到床上，四肢痠痛，卻睡不著。

有錢人的腦子和一般人不大一樣。她下了個結論。或許他們生活太無聊，覺得這樣刺激的夜晚很特別。

打了個呵欠。可惜，她的生活貧瘠乏味，不是每天都遇得到強暴犯的。找到了解釋，她很快的沉入夢鄉。

18

思聰雖然知道綠香遇襲，還是不准她請假，「拜託，誰妳叫穿粉紅色的外套？出版社忙死了，趕緊滾回來工作！」

「我穿的是白外套！」綠香在電話這頭擤鼻子，「誰叫你把辦公室租在那種鳥地方?!」

綠香有些厭惡的到了辦公室。

連句慰問也沒有，只會指使她做這做那，正火大的時候，接到培文的電話。

「還怕麼？怎麼不休息一天？」他的聲音很關心。

這大約是一整天唯一聽到的人話，「老闆永遠希望夥計是鐵打的金剛，加班不收加班費，最好上班也不用給錢。」才幾個月，那個懷才不遇滿腹理想的林主編變成自私自利滿肚子銅臭的林老闆。

「我不是這樣的老闆。」培文笑了。

「但是我也沒有好學歷可以去貴公司上班，對不起，我連大學的門都沒看過。」綠香輕輕嘆息，不適應教育制度，註定被社會制度淘汰。

「要看大學的門還不簡單？看妳想看哪個門，我們過去看看就是了。」

綠香被他逗笑了。若不是這通慰問電話，累得像狗一樣爬回家，恐怕會放聲大哭。

掙扎著洗好澡，不到九點就換好睡衣躺平。昨天跟那王八蛋打架，全身的骨頭像是要散了一樣。

正朦朧，聽見電話神經兮兮的叫了又叫。應該把插頭拔掉。她咕噥著。

幾乎掙扎了一世紀，她拿起電話：「喂？」連脾氣都懶得發。

「阿是羅小姐唷？」媽媽的大嗓門幾乎喊破話筒，「夭壽喔，我今天才知道阿輝跑去……那個跑去想對妳那個……阿我實在很歹勢咧……」她在電話那頭眼淚汪汪，「羅小姐，阿我知道妳對我很好，都是那個阿輝啦……說了一大堆……」媽媽的哭聲讓她耳膜嗡嗡響。

昏昏的定了定神，「余媽媽，別難過啦，我想大約是宋先生有些誤會，一時衝動，其實很多誤會妳直接問我就好了，不用這樣啦！」

「阿我不知道阿輝跟阿香離婚了。我想說阿妹都不給阿輝半毛錢，他又失業了，哪綠香知道，是一定會怪我的。他又說你們賺了那麼多錢，跟妳分一兩本也沒關係……阿我才……我才……羅小姐，妳一定很生氣吭？」

自己的媽媽，能生什麼氣？她嘆息一聲，「不會的，羅媽媽。照顧妳是應該的。」

媽媽又在電話那頭淌眼抹淚，「實在是……羅小姐，妳實在太好了，我們綠香跟妳怎麼比？她從小就不聽話，阿大漢我更不知道她在想什麼。嫁了人就乖乖在家嘛，人家說嫁雞隨雞飛，嫁狗隨狗走。阿也不好好在家。那阿輝打她，就乾脆離婚嘛，還在那邊跟林主編戀愛擱無愛嫁伊，我這個做老母的，所愛看電視甲知樣伊甲痛苦，實在是憨查某兒……」

女兒總是別人家的好……慢著，電視？

「電視？余媽媽，什麼電視？」她瞬間清醒。

「阿羅小姐，妳不知道？現在正在演溜，實在有夠可憐的啦……我就是看到電視才想到，要跟妳說……實在對不起吭……阿，廣告過了，又在演了啦。羅小姐，好好看ㄋㄟ，趕緊轉到中視，綠香擱哭呀，嗚嗚嗚嗚……」

電視？她看時鐘，九點四十五分。

我的故事在上演，可是我卻一點都不知道？她亂著想開電視，才發現自己家裡沒有電視。

門。

匆匆穿上外套，機車騎得似飛機低飛，衝到林思聰家裡，按電鈴沒人應，她開始踹

「綠香？不不不，美薇？妳來幹嘛？哎哎，廣告時間過了……」綠香推開他，直直的走到電視前面。

蕭薔正推著一個英俊的男主角，又哭又嚷的，男主角給她一個耳光。定睛一看，那個男主角正是什麼碗糕S4最紅的言小旭。

「綠香，妳聽偶縮。」言小旭的台灣國語讓綠香的雞皮疙瘩全體復甦。

「不！我不聽、我不聽！」蕭大美女的眼淚一滴滴的滾下來，奇怪她掩著耳朵幅度擺動那麼大，為什麼沒一拐子打暈那個台灣國語帥哥？大約是身高比例不對，但是他的胸膛也應該中了後肘攻擊而吐血才對。

「不！妳一定要聽偶縮！」言小旭激動的抓住她、搖她。了不起的搖動，蕭薔一根頭髮也沒動搖。

「放開我，林思聰！你無情，你殘酷，你無理取鬧！」她用什麼眼線？眼淚掉成這

樣，居然一點暈開都沒有，她明天一定要去買。

「那妳就不無情，不殘酷，不無理起鬧?!」言小旭激動的西子捧心，綠香覺得自己的臉抽搐了幾下。

「我哪裡無情？哪裡殘酷？哪裡無理取鬧?!」蕭薔氣勢兇兇的逼過去，表情居然不猙獰，依舊貌美如花，果然是明星。

「妳哪裡不無情?!哪裡不殘酷?!哪裡不無理起鬧?!」帥哥，你的台灣國語呀……

「我就算再怎麼無情，再怎麼殘酷，再怎麼無理取鬧，也不會比你更無情，更殘酷，更無理取鬧！」

「偶會比妳無情?!比妳殘酷?!比妳無理起鬧?!妳才是偶見過最無情，最殘酷，最無理取鬧的人！」

「哼！我絕對沒你無情，沒你殘酷，沒你無理取鬧！」

台灣國語帥哥的眼睛突然睜得很大，令人懷疑他是不是心臟病突然發作了，「妳還縮妳不無情，不殘酷，不無理起鬧。妳揉碎的四，偶脆肉的心哪。綠香！」他抓住蕭薔的肩膀。

「思聰！」

兩個人相擁而泣。林老闆也看著電視哭了起來，不停手的抽衛生紙。

綠香怪異的看著跟著九點半檔哭泣的林思聰，突然覺得臉都抽筋了。大約想笑又想哭兩種交感神經打架後，就會產生抽筋的效應。

19

思聰哭了一會兒，疑惑的看著她的睡衣問，「幹嘛跑來？發生什麼事情了？」

還陷在震驚情緒裡的綠香倒是有些說不出話來，「這……這是什麼時候演的？」

「月初呀。這是第三集，每個禮拜五才有呢。天啊，蕭薔真美……她哭得我的心都碎了……」

看著林思聰發花痴，突然有點懷疑他的智商。「為什麼我不知道？電視上演我的故事，為什麼我不知道？」

「因為綠香死了。」思聰咕嚕咕嚕的喝礦泉水，補充流失過度的水分，「這劇本又不是綠香的遺作，電視公司當然不用徵求妳的同意。嗨，美薇，放輕鬆點。想想看，這部單元劇可以延續綠香被懷念的時間勒，這對我們大家都有利……啊，蕭薔，她出來了……」

留下思聰繼續對著電視螢幕發花痴，綠香默默的回到家。躺在床上，看著天花板的水光粼粼。為了不離開這美麗的水光，所以她願意忍受每天國小叫人起床的吵鬧。

隔壁國小的游泳池溫柔的蕩漾著。

失去這樣的多……實在始料非及。到現在，的確她什麼都失去了。連自己的身後都被扭曲著搬上螢幕。

心裡空蕩蕩的。覺得無力，生氣，卻也有一點點的輕鬆感。一切都沒有什麼不同。我坐在飛機上和不坐在飛機上，大概相同的事情都會發生。

但我，可以親眼看到這一切的荒謬發生，不是每個人都有這種福氣的呢。一笑出來，心就寬了，她照樣睡著，像是什麼事情都沒發生。

那腫荒謬的肥皂劇，很快就會被世人遺忘。我又何必在意？

她錯了。「給綠香的最後一封信」（連續劇的名字）居然大受歡迎，網路上討論的聲浪已經到讓她望著螢幕就會發呆的程度。綠香的個人版湧進大批愛慕者，她的文章開始被大規模的盜轉，她每天收信都可以接到自己文章五、六次。

思聽天天罵印刷廠，因為再刷的速度趕不上賣的速度。

這些都是暫時的。她安慰自己，世紀末，大家都有點緊張，沒事的。突然覺得「羅美薇」是個安全的殼，起碼可以跟外面瘋狂的神經病隔開一點距離。

直到貳週刊打電話給她，她才覺得有點不對勁。

這個聲名狼藉的八卦雜誌，他們又想找些什麼醜聞？雖然實在想不出有什麼醜聞。

力邀綠香讓他們採訪，她很客氣的回絕。對方倒也不步步進逼，電話裡笑笑，「您跟余綠香交情很好吧？」

「是不錯。」她很謹慎。

「好到願意將所有版權給妳，這實在不太尋常呀！」

「沒有什麼不尋常。我比較值得人家相信。」綠香的心裡警鈴大作。

「這個『人家』，也包含余綠香的男友林思聰嗎？」

他到底想問什麼？「對不起，有電話進來了，失陪。」她客氣的掛掉電話，有點發呆。

他們想幹嘛？想了一天，晚上寫稿的時候，邊對著螢幕發呆。

「還沒睡？」電話鈴聲驚醒了她，聽到培文的聲音，讓她精神一振，

「還沒呢，正在寫稿，都十點多了，你該不會還在公司吧？」

「正確的說法是，公司的地下停車場，我正開車準備回家。怕一路瞌睡，找妳說說話兒。我接到貳週刊的電話。」

「啊？」綠香差點一跳，「他們也去找你？為什麼？」

「我不知道。我讓祕書擋掉了。誰耐煩跟他們周旋，據說他們還留下狠話，叫我注

意下一期的貳週刊。」

看起來貳週刊下個禮拜的目標大約是出版界。綠香覺得很困惑，天性豁達的她，馬上把想不通的事情放到一邊去。

「想採訪妳我倒是不訝異。我訝異的是，妳一點都不知道這部舉國若狂的連續劇。」培文的笑聲從話筒那邊傳過來。

綠香的臉都漲紅了，「我怎麼會知道？我白天上班，晚上寫……呃，校稿，每天都被操得像條牛，怎麼會有時間看綜藝版？」

「小姐，連我這個很少上網路的人，都曉得綠香的個人版早就沸沸揚揚的討論男女主角的適當人選，妳不會不知道吧？」

「我以為是開玩笑呀！」綠香氣得臉鼓鼓的，「我怎麼知道林思聰早就跟電視台勾結了！」

他輕笑一聲，「說到貴出版社老闆，的確跟電視台淵源很深。我也不過出了本自傳，周製作就上門來要把內容拍成電視劇。」

綠香尷尬到不行，「對不起……你……你把他們轟出去？」林思聰！你一定要讓我抬不起頭來就是了。

「沒有。」他氣定神閒的，「我告訴周製作，我沒有興趣，也非常不希望這樣。如果他願意放棄整個計畫，連影射都不曾，我會很樂意讓公司廣告部門跟他談談合作。如果有所影射，那大家就一拍兩散，大約言必信所有的廣告預算都不會在他的任何節目出現。」

高招！綠香不禁佩服起來，「厲害！釜底抽薪！」

培文反而嘆了一口氣，「非羽卻一定會怪我的。她一定很期待看到自己的身後被人家撒些什麼大謊，我願意為她撒什麼謊。但我卻受不住她被人指指點點。」沉默了一下，「美薇，妳覺得呢？」

滿額都是冷汗，我能覺得什麼？綠香覺得他是故意的。「呃……覺得什麼？」

「我想到綠香和非羽這樣相像，生命歷程和文風，也都同樣的死了。現在綠香的生活在螢幕上演著，妳，有什麼感想？」

怎樣的回答才適當？「我、我只覺得很荒謬。如果是真實的演出，大約觀眾會興趣缺缺的走掉。」她細想了一下，「在我看來，這不過是部電視劇，剛好男女主角叫做『綠香』和『思聰』，其他的，也不過是戲一場。沒什麼好高興難過的，因為我又不看。」

「『我又不看』，嘖嘖，周製作會很傷心的。她找了『雨深深情濛濛』的名編劇來寫腳本呢，」他笑著模仿綠香的口吻，「是非終日有，不聽自然無？果然現在的女作家豁達聰明多了。比起非羽的話。」

被刺得坐立難安，但為了他提到非羽濃重的愁緒，觸動了心腸，「身為一個書迷，當自己崇拜的對象願意接受你的時候，有怎樣的感覺？」

她生性缺乏狂烈的熱情，連少女時代也不曾迷戀過偶像。開始動筆寫點東西以後，她現實生活缺乏的熱情全數灌注在作品上面，敏感的讀者也被她那熔漿似的熱情感動，熱烈追求的不在少數。

這嚇到了她。不能明白這些狂野忠實的fans所為何來。

「像是一輪明月滾到自己懷裡。」他的聲音有歡愉，有哀戚。

呆了片刻，「看清楚了明月的坑坑疤疤呢？」作品裡的她和現實生活的她是兩回事的。

「起初很失望，但是她這樣孤獨脆弱，你又不忍放下。等熟悉了那些坑坑疤疤，才慢慢發現下面藏著純金九九九的心。」他頓了一下，神思飛得極遠。

從來沒有一個女人，是這樣把整個心和精神都拿出來愛他的。後期她寫的每一個男主角都擁有他的影子。透過字裡行間，即使最熱愛的文字耕耘，也不吝於當作這段戀情的讚美詩。

縱使是誰也不祝福的戀情。

清清有些哽咽的嗓子，「妳睡著了嗎？」

「沒有，我才想問你睡著沒。」綠香還在思索他的話。

「我想沒有。不相信？推窗戶看看。」

綠香瞪大眼睛，打開窗戶，發現培文在空曠的大馬路上揮揮手，拿著手機。

「你幹嘛?!」綠香叫起來，「不回家睡覺？」

「就回家了。」一整天疲勞的折磨，他只是想看到一個正常的人，而不是搶破爛骨頭露牙齒的豺狼虎豹，「只是說晚安。」

「你這神經病！你站好不動，我馬上下來！」她胡亂的套上外套，抓過杯子，從咖啡壺裡倒了一大馬克杯的咖啡，胡亂的倒了奶精。小心翼翼的捧著咖啡下樓。

「喝掉！」綠香有點生氣的往前一送，「半路上別打起瞌睡！」

熱煙柔和了他的眼神，正要喝，綠香尷尬的叫了一聲，「我忘了加糖！」

「呀，我不加糖的。」其實連奶精都不加。唔，煮咖啡不是她的專長，現在知道了。誰能要求女作家擅長作家事、煮咖啡呢？她們擅長紡織思緒，這就夠了。

溫柔的月色，連綠香的臉孔都跟著溫柔起來，「好喝嗎？」

望著關懷的眼睛，他俯下頭，輕輕的在她唇上輕輕吻了一吻。雖然只有零點零零一秒。

望著呆掉的綠香，「天阿，這不會是妳的初吻吧？」他故做驚訝狀。

欣賞她把什麼情緒直接反應在臉上，實在有趣極了，她的臉慢慢漲紅，兩條眉毛緩緩的豎起來，像是蓄勢待發的母獅，「你去死吧！顏培文！」

「接吻不會懷孕……但是我可以負責。」培文笑著看她。

綠香的氣勢一下子衰頹下來，忙不迭的搖著手，「不不不不不，那只是一個吻，沒什麼，就只是一下下的嘴唇接觸而已，沒啥！你趕緊回家吧，我不要任何人負責。」一把搶走還沒喝完的馬克杯，「不送不送，再見再見。」

一口氣衝回家裡，把燈關了，蒙著被子。他一定是開玩笑的，絕對。黃金單身漢呢，再怎樣也不會看上自己的，別怕別怕。

婚結一次就夠恐怖的了。

看她落荒而逃，先是愣了一下，他縱聲笑了起來。一直到把車開走，還在笑。

多少年沒好好笑過了？他自己怔了怔，微微的感到辛酸。

後來打電話給綠香，她總是慌慌張張的，但是，他知道綠香還是喜歡他的。

為什麼天天都要打來？綠香苦惱的看著電話。她已經盡力想忘記那天匆匆的吻，一切都要怪月色太好。

忘掉！忘掉！一定要忘掉！像是趕蒼蠅似的，她把手臂大力的揮來揮去。

可惜貳週刊不能大力揮揮就揮掉。

她和培文那個零點零零一秒的接吻鏡頭居然被拍下來，旁邊除了思聰的照片，還有綠香整容前的照片。

「文壇愛侶四Ｐ行?!余綠香、羅美薇荒唐淫亂實錄！」她手裡的是最後一份，其他的都被搶購一空了。

她的腦筋也一片空白。

20

怎麼著，我累昏了嗎？瞪著手裡的貳週刊，她倒是愣愣的。

「小姐，這貳週刊，妳買不買？」旁邊的年輕人熱切的像是嗜血的蒼蠅，「若是不買，讓我結帳好嗎？」

怎麼可以不買?!就算是六千九百萬也得買回去瞧瞧。結帳的時候，後面的人都發出可惜的嘆息。

嘆什麼氣?寫的又不是你們!

慌慌張張的走進對面的十月咖啡廳，手抖得幾乎翻不開書頁，侍者來招呼，她連菜單也不看，「整壺的摩卡咖啡。」

來一缸好了，看能不能讓自己鎮定點。

看到咖啡都涼了，她的心也涼了半截，氣得幾乎把喝下去的冷咖啡煮沸。

剛辦的PHS手機發出汪汪的叫聲，她花了一點力氣才發現是自己的手機。

「美薇，是我，」培文冷靜的聲音帶著一絲焦急，「妳買了貳週刊嗎？」

「買了。」她機械式的回答。

「趕緊扔進垃圾桶……不對，扔進碎紙機裡。」

「來不及了。我看了。」她冷冷的聲音帶著火藥氣，「貳週刊在哪裡？看我砸了他們的辦公室!!」

「美薇！冷靜點！每個人都要告他們毀謗，他們養了大群律師等著打知名度呢！千萬不要陷入他們的陷阱！」向來冷靜的培文，不覺竟把聲線揚高，他的祕書奇怪的看著培文。

「我……我……」不准哭，不准哭！「我和綠香居然是同性愛人？他媽的這種謊言他們也掰得出來?!我居然還搶了綠香的男朋友，XXX的XXX……他們又知道綠香生前我就和林思聰過往甚密？鬼看到了?!媽的我成了好友生前使詭計騙到所有版權，還暗搶了好友的男人，死後光明正大扶正的狐狸精了！媽的我還嫌不夠，硬強吻了言必信的總裁?!我真他媽黑到家了！」

不准哭，就是不准哭！她硬咬著嘴唇，幾乎出血。

「妳在哪裡？公司？」培文有點沉不住氣。

「六點了！這本來就是我的下班時間！」雖然她只是出來吃個晚飯，

「我不幹了！」為什麼我要當自己的狐狸精？天知道她討厭老頭子和酸文人，林思聰就是老頭子和酸文人的混合體。讓他造謠是愛侶就已經不舒服夠久了，現在又出了這種鳥報導！

「妳在哪裡。」他斬釘截鐵。

氣得沉默很久，才腳步沉重的走到櫃台，整個咖啡廳滿滿的人鴉雀無聲，自然是被她剛才的叫聲嚇著了。找了半天，才找到名片。

掙扎很久，就是說不出話。女侍者拿起她的電話，冷靜的報了地址。

「我幫妳換一桌安靜一點的地方等人，好嗎？」女侍者溫柔的問她。

投過去感激的一眼，她蹣跚的走過去，周遭的眼光，像是要燒穿她一樣。

「看什麼看？」女侍者很不專業的叉腰，「看不慣我們拉子的行徑？我不但是拉子，還是雙性戀呢，有什麼好看的？我多了眼睛還少了鼻子？看夠了專心吃飯吧，別往鼻孔裡送麵條！」

燥熱的臉頰和冰冷的四肢，因為這個女侍者大剌剌的維護，覺得有點暖意。

「謝謝妳。」她的聲音低低的，「讓妳在大庭廣眾間出櫃，不好意思。」

她聳聳肩，小聲的說，「事實上，我不是。而且，我有男朋友了。」她瞥瞥櫃台那頭不自然的店長，「看到沒？那傢伙想追我。我不想讓他追，可也不想辭職。現在是好機會，正好讓他死心。我還得謝謝妳呢！」用力握了握她的手，「報導是真是假，我當然不知道。只是，不管妳性取向是什麼，交了哪些朋友，都是妳的私事，千萬不要被這些揭人隱私的下流報導給打敗了。」

她離開，對綠香比了比大拇指。

對呀，世界上不是只有是非不分的壞人的……

「美薇，妳跑哪兒去了？」林思聰的聲音不客氣的侵襲耳膜，「今晚還有三本打樣要看，妳就這麼跑出去？」

「下班時間了，老闆。」綠香還是止不住全身憤怒的顫抖。

「下班？這三本明天要趕印刷廠呢！妳把進度拖慢這麼多……」聽著思聰的大嚷大叫，綠香再也忍不住了，「我受夠了！一個月五本書，你當我是驢子還是牛？不要每一本給我一個禮拜一切搞定，就算是電腦也會當機，我不是你家生奴才！現在是下班時間，你再繼續騷擾我，我馬上告勞工局！」用力按掉手機，拳頭握得緊緊的。

培文盡快趕來，把車子往咖啡廳門口一丟，管他會不會拖吊。

他看到向來神氣的羅美薇緊握著雙手，嘴唇被自己咬得一片通紅，眼睛都是血絲，卻沒有哭。

輕輕鬆開她的手，那片黑掉的指甲還是烏青著。嘴唇咬破了，還有一點點血。

「美薇，想哭就哭吧。你我都知道那不是真的。」他輕輕的說。

她忍了一下子，豆大的眼淚沉重的落在桌子上，不出聲的哭著，飽含著怒氣和悲傷。培文把她攬進懷裡。

「那不是真的。」她抽泣著。

「我知道。」

「一定是那該死的王八蛋，前夫……綠香的前夫說的！」

「的確他們採訪了宋鴻輝。點子是從他那邊來的。」替她擦擦眼淚。

「美薇，很多時候，朋友不見得永遠都是朋友。幾時化敵為友，化友為敵，往往只有一瞬間的界限。」

「我明白。」她的眼淚不斷的滲出來，「但是，離開四寶出版社，我又能去哪裡呢？我沒有學歷，沒有出版經驗，只能在這個出版社當驢子。因為只有這個出版社沒有我不行。」只是，這樣傷害「綠香」和「美薇」的形象，究竟有什麼好處呢？

她不是笨人呢。大約隱約知道林思聰接受訪問的時候，極盡閃躲曖昧之事，使得這篇報導更加油添醋。

「不要變成棄子。」培文輕輕提醒，她哭得浮腫的臉龐漸漸悽楚，「我很想不變成棄子。但是我……我……」我已經深陷泥淖。我的一切端賴四寶出版社。不管是薪水還是尊嚴。脫離了綠香「遺稿」的光環，「羅美薇」只是個死人。

是我殺死了自己。是我該死的好奇心殺了自己。

「美薇，妳還寫小說嗎？」送她回家，發動引擎的時候，培文溫柔的摸摸她的頭髮。

「寫。」開玩笑，寫作是她的事業、生命、鴉片、特效藥。怎可不寫？不管自己到底做了什麼蠢事，殺死自己多少次，只要雙手還存在，就會寫寫寫寫寫。

綠香破例讓男人到她家裡，落魄的去淋浴時，培文在她電腦前，專心的看她的新小說。

「還是有綠香的影子，」培文對著擦著頭髮的綠香說，「不過已經不太顯。妳已經是『羅美薇』，不是『余綠香』了。」

綠香怔怔的看著他。

「你……你你你……你都知道了……」綠香結巴起來，「你你你……你知道我就是綠……綠綠綠……」

「知道什麼？」他好脾氣的握住她的手，「知道妳愛上我？」培文一把抱住，又吻了她。

這次吻得長一點點，綠香卻花了一點時間才從呆若木雞的狀態恢復，「你……你你你怎麼可以這麼做！」

「不然勒？我得這樣問：『羅美薇小姐，我有沒有榮幸得到妳的一吻？』如果妳堅持，我是可以試著這樣說，就怕妳的雞皮疙瘩……」

「不要說了！」雞皮疙瘩已經全體復甦了。

「不要害羞嘛，我也愛上了妳呢！」他作勢要撲過去，綠香定定的看著他，「我不是林非羽。」

這話讓他的臉蒼白了一下。

21

「我當然知道妳不是她。」他卻拿起外套。

看吧，還是不要依賴男人的好。一句話不高興，轉身就走。讓依賴慣的女人慌張失措，還怪女人不獨立。綠香低著頭，卻沒打算開口，下意識又去咬已經破皮的嘴唇。

「別咬了行不行？」綠香格掉他的手，像是渾身長滿刺的警戒，「都說女人小心眼。一句話不高興，連靠近都別想靠近。讓男人看了白白心疼，還怪男人不疼她。」

「不是要走？走走走，我要睡了。」她賭氣著，今天夜裡已經夠心煩了，不用他再添一筆。

「妳和非羽有什麼相像的地方？非羽冷靜深沉，十幾年前是什麼時代？想出本書比登天還難。她一個分居的女人家，可不比現在寬容。人家知道善用自己『聲名狼藉』的特點，讓出版社對她又愛又恨，她擺明了自己是壞女人，被她挑剔合約內容只敢悶聲不吭回家找律師改合約，妳哪裡跟人家比？像個實心大蘿蔔，人家賣了妳，還幫人家數錢兼謝謝。」他拉拉綠香的頭髮。

綠香把耳朵摀起來，誇張的學著蕭薔的嬌態，「不！我不聽我不聽我不聽～」

被她逗得要好氣又好笑，「我跟妳說正經的，妳跟我耍什麼寶？人家蕭薔大美女到妳手上，成了『城牆』了。」

「城牆有什麼不好？萬里長城也是城牆一磚一瓦砌的。」發現他不生氣了，自己也覺得開心。

為了這開心，她又一怔，不敢細想。

看她時而笑語嫣然，時而魂不守舍。能這樣把心情都表現在臉上的女人，實在天真的不多見。

「別說得我好像三歲小孩好不？什麼天真？」綠香抗議著，培文笑笑，摟著她。綠香累極了，也伏在他懷裡動也不動。

細看就知道，她和非羽沒有什麼相像的地方。非羽深沉善攻心計，這個笨蛋女作家只能捏把汗用小說家說謊的專長圓著生活的謊，還總是得臉紅。非羽謹慎異常，「羅美薇」就笨多了。這個偷天換日的計謀斷然不會是她自己想出來的。

非羽……非羽是那種每走一步都推算到百步之外的高手。不管是愛情還是事業，都是一副穩操勝券的樣子。連對我都極用心計呢，他苦笑，她的推測正確。那種熔漿似的愛情灼痛了他十幾年的光陰，遇到怎樣的女子就如白開水般無味。

只剩下她下的蠱毒深深的刻在記憶裡，去不了。

為了愛他，非羽可以放棄所有的追求者和自己搖搖欲墜的婚姻，卻告訴他不過是為了自由，拿他當個上好的「擋箭牌」。但是她對培文卻掏心掏肺，極盡溫柔，卻什麼也不求，什麼也不要。

為了要拿到文學獎，最後一年她根本不對外寫稿，研究了縱橫文學獎所有的得獎作品，整整研究了一年，然後花了五天寫完就投稿。

得到了培文的真心，也得到了文學獎，在他們來不及叛逃的時候，露出勝利的微笑，「該讓你自由了。」就這樣結束一切。

握著她冰冷仍然柔軟的手，他愣愣的。她給的「自由」，像是個反諷的牢籠，反而讓他從此無法忘記她。

聽著懷裡均勻的呼吸，發現綠香安靜的睡著了，微微皺眉，是因為臉頰上的淚珠。他訝異的摸摸自己的臉，發現自己居然哭了，眼淚筆直的滾到綠香的臉上。

「妳是個傻姑娘。」培文喃喃著，「但是非羽比妳聰明那麼多，妳卻比她快樂多了。或許……」

算盡機關太聰明，反算了卿卿性命。非羽，妳反算了自己性命。

揉著眼睛醒來，發現躺在自己床上，還蓋著被子。呀，說說話就睡著了。一看鐘，八點了。居然睡得這麼好，著實難得。

只是席天蓋地的煩惱又蜂擁而至，令人心灰得連起床都懶。

爬進公司，全身的肌肉都緊繃著，不知道思聰又準備要跟她吵些什麼。意外的是，思聰不但比她早到，身邊帶著一個人，還滿臉的和顏悅色。

「啊，美薇，妳來了？我跟妳介紹一下，這個是我們的特約文編，我剛從別的地方重金挖過來的。文案都讓妳寫，也真得太累了。」

那個斯文男子倒是溫和的笑笑，跟她握了握手，「我姓楊，楊清風。」

美薇不禁也對他微微笑。

「清風可是做了好些年的編輯呢，以前犀利漫畫的文案都是他在處理的，他是老鄭的弟子——老鄭妳知道嗎？就是一手捧起漫畫天王天后的鄭福助！說起來都是赫赫有名的人物呢！」

「哪裡，我聽說羅小姐也是網路有名氣的人物。」楊清風笑笑，「我也上貓咪樂園，所以略知一、二。」

「貓咪樂園？我的id是themoon。你呢？」

「我？我是無名小卒。id是ycf921。」他推推自己的金邊眼鏡。

既然老闆這樣推薦，她就把手上的韓文小說交出去。國內韓文翻譯不多，翻譯品質令人心灰意冷。她為了這本悲慘莫名的小說正煩著，有人幫她處理，當然是再好也不過了。

確定磁片給了楊清風，她不放心的叮嚀，「這本書月底就要了，請早點潤好稿給我。下個月就要出了。」

他滿口答應，綠香也把這件事情記下，開始忙別的。抬頭盯著跟楊清風聊東聊西的林思聰，幾次猶豫還是決定放棄。貳週刊問不問有什麼差別呢？刊登都刊登了。現在提起，也只是兩個人吵個不停。

她已經很討厭吵架了。

「對了，欣怡在問，培文的書賣得如何？」這倒是得問問的。

思聽有些支支吾吾的，「這……我得等總經銷那邊的消息。」

呃？「那再刷幾次了呢？」

「這……這……這我得翻一下資料，我這邊沒有。」你沒有，我也沒有，那誰那邊會有？

「請問，還要不要出人物專訪的書？」她有些無奈，一問三不知的老闆，「市場接不接受我們的文體？需要改變什麼或加強什麼嗎？」

「當然要繼續出啦，叫欣怡去採訪彭百顯啦，快選舉了。至於市場接不接受，我怎麼知道？你是主編還是我是主編？」思聽有點不高興。

市場行銷是你在跑的。你不知道，我怎麼會知道？但是她突然像是失去了力氣，幽幽的嘆息。

懶得吵了。

上網的時候，遇到了楊清風跟她打招呼，就這麼聊了起來。清風頗混了一陣子編輯，什麼東西都懂一點，和雜學甚多的綠香很談得來。說著說著，就談到工作，綠香忍不住滿腹牢騷。

她自從「自殺」以後，之前的故友幾乎都無法連絡，網路的文友有些誤會她是投機者，也就斷了往來。她幾乎沒有什麼文友可以講話。每天孤獨的上上網路，跟綠香的fans打打招呼或相罵，然後呢？幾乎沒人跟她說什麼。

培文工作忙，不能常常來陪她，再說，又不是人家的誰，怎好意思跟人家撒嬌裝痴的？

中帆倒是不錯的文友，一來忙，二來他那狷介又鄙夷網路文學的態度老讓綠香很不開心，常常吵起來。白天跟思聰吵還不夠嗎？

李巍比較合得來，現在也跟著趕博士論文昏天暗地，icq掛著也只是掛著。

好不容易遇到投機些的清風，自然大有知己之感，連跟思聰的衝突，都一五一十的跟他說了。

「哎呀，他是個好人。只是比較不會跟女孩子相處。我會勸他的。」

果然思聰的態度漸漸好些，吵架的次數也少了，一直到月底，兩個人才起了衝突。

「你給清風什麼磁片？」思聰怒氣沖沖的將磁片丟在她桌上，「讀都讀不出來？」

正為了出版計畫發愁的綠香，茫茫的抬起頭，「什麼？」

「這片磁片是壞的！現在檔案都叫不出來了！怎麼辦？下個月就要出了！？妳進度掌控是怎麼掌控的？」

她弄明白了思聰的意思，臉孔紅了起來——氣紅的。「我月初就給磁片，壞掉就要告訴我。為什麼現在才說？現在我又能怎麼辦？」

「妳為什麼不掌控進度？」思聰火氣比她大多了，「早就該催了，要等交稿才催？」

「你……」突然覺得楊清風的工作態度實在有待商榷。臨交稿才開磁片？這是做了十幾年編輯的態度？綠香霍的站起來。

「妳……妳幹什麼？」思聰看她陰晴不定的站起來，心裡也有點打鼓。

「把事情作好。」她頭也不回的到翻譯那裡去了。

22

綠香到了翻譯家裡，磨了半天，終於在還沒清掉的資源回收筒裡找到了檔案。

「妳該感謝上帝，我這個月太忙了，忘記清理資源回收筒。磁片故障就要早點講，怎麼過了一個多月才說？」翻譯很無奈的。

綠香千恩萬謝的把檔案拷貝回去，花了五天的時間，把不知所云的稿子潤稿，寫完文案，這些都在隆隆的電話和緊迫的日常進度中度過，終於完成的時候，她趴在家裡的馬桶吐個不停。

沒有誰是可以依靠的，她喝了口水，還沒嚥下就又吐出來。嗆咳了很久，才疲乏的倒在床上。

「文筆怎麼這麼糟糕？」思聰皺眉頭，「妳到底有沒有潤稿？」

綠香連氣都懶得生氣，「這是個韓國四年級的小朋友日記，你希望他文筆多好？潤得太好就不對了。要看好的，後半部是國中寫的，那就好多了。」

沒有一句謝，思聰不太開心的把磁片拿走。

「咦？不讓我發美編嗎？」綠香有點詫異，不是很趕？

「不用了。這本我要另外發。你發的美編都那麼漫畫風格。」思聰鄙夷著。

「漫畫風格是你要求的。」綠香實在有點火大。

「反正這本就是不能作成那樣。」

拿去拿去。綠香把其他的檔案夾打開，我已經管了七八個書系，還得管整個出版流程和計畫，少一本省一本事情。

三個月後，書是出來了。她做得幾乎病死，文案還是用她的文案，版權頁居然掛楊清風編輯，她連個名字也不見蹤影。

如果事事都要計較，這碗飯怎麼吃得下去？

想想倒也伏案而笑。別人可以三個月作一本書，林思聰還千恩萬謝，我一個月做四、五本書，若是延遲一兩天，就要捱林思聰的臭臉，這世界還有什麼天理？

讓她比較不開心的是，她辛苦照顧的作品，文案居然指定要楊清風寫。

「那是什麼文案？」她對著培文抱怨，「像是一陀屎放在封面。」

培文大笑，「不會這麼糟糕吧？」

「你聽聽看：『她真的愛上了他嗎？他還願意接受她嗎？兩個人對望著，秋風在掃落葉。』這是網路輕文學欸！他以為是懸疑小說？」

「其實也不太壞，」培文強忍著笑，「應該加上『緊張緊張緊張，刺激刺激。戰況一觸而發，誰是這場愛情的勝利者呢？請明日繼續收看——愛情大霹靂靂靂靂靂……』」

她被培文逗笑了，「對，明天建議書名改成『愛情大霹靂』……林思聰一定會宰了我。」一下子又轉愁容，「我不敢把這陀屎放在封面上。」

「林老闆怎麼說呢？」發現她倦得臉孔發白，憐惜的摸摸她的頭。

「他說很好。」她靠在培文的肩膀上，嘆息，「我本來覺得這些專業編輯是我望塵莫及的存在，現在才發現，說不定我這菜鳥比他們有見解。」

培文輕輕吻她額頭。

中帆聽她這麼說，倒只是笑了笑。

「編輯這行業，本來濫竽充數的很多。」他約綠香吃飯，這幾個月，綠香常常跑去向他請益，他也欣賞綠香認真的工作態度，「要找到幾個專業的，不太容易。林思聰？我連聽都沒聽過。楊清風？這人倒是很有名的。」

「啊？」一口牛小排驚訝的來不及塞進嘴裡，「楊清風很有名？」

「怎麼能不有名？失業的時候比就業的時候多，混了十幾年，年年都嚷著要寫部巨作，每每都是『氣勢磅礴』的一兩千字開頭就沒有了。他在我手下工作了幾個月，沒見過這麼喜歡端架子又沒用的助理編輯。我管他跟老闆關係有多好，有他就沒有我，有我就沒有他。」

「你們老闆聰明，選了你。」綠香嘆息。

「……美薇，妳要小心。這傢伙別的本事都沒有，就學會鄭福助的那套卑鄙手段，專踩著別人的頭爬上去，妳要當心。」中帆突然覺得有點憂心。這個傻大姊怎麼鬥得過那個小人？

「安啦！雖然他的文案寫得爆爛，人倒是還不錯。反正我又不跟他有什麼認真瓜葛，雖然把那陀屎放在封面上讓我傷心，老闆喜歡，算了。」

中帆皺了皺眉毛，卻沒有繼續說什麼。

「對了，妳說妳寫了些小說，不是答應給我看？拿來。」他向綠香攤開手。

綠香尷尬的喝著柳橙汁，「改天啦！改天，好不好？」她沒膽子把自己的東西給林非羽的編輯看。

「什麼改天？妳帶來了不是？」一把搶過她的大包包，中帆狡詐的笑笑，「哪一袋？讓我翻出不該翻的東西，可就不好了。」

「哪有什麼不該翻的……」她的聲音漸漸虛弱，裡面有衛生棉和免洗內褲，倒出來真的很糗。「對啦，那包紙就是了。別亂翻！」

嘖，這頓飯讓人請得艱辛。

不讓中帆送，再說，他抱著那袋稿子一副躍躍欲試的樣子，還是讓他早早回去失望的好。

冬意漸漸濃了，她把手放在口袋裡，頂替羅美薇已經八、九個月了。現在她在這個殼裡，已經不像之前的慌張失措。

自己也漸漸接受「余綠香」死亡的事實。在法律上，余綠香是死了。但是這個實際已經死亡的「羅美薇」，卻讓自己「借屍還魂」。

「還有余綠香的影子……但是已經不太顯了……」她想起培文的評語。現在她也放開膽子在網路上繼續寫作，卻沒有人發現「themoon」就是「sade」。

我還是我。為什麼沒人發現？是我太會說謊，還是別人不曾注意？還是說，昨我事實上非今我？

昨我何人，今我是誰？

怔怔的站在樓下，望著台北少有的璀璨星空，微冷的風混著桂香的暖意，她卻在確認自己的思緒裡低迴著。

「羅美薇？」一個疲憊骯髒的男人靠近她，「妳是羅美薇？」

周遭的街道還熱鬧，綠香倒是不怎麼害怕，只是覺得奇怪，為什麼有人突然跟她打招呼。

「是！」她回答。

那個男人狡猾的笑笑，「我們都知道，妳不是羅美薇。妳用的，是我妹妹的身分證。」

她有些驚愕的眨著眼睛。

「聽說『羅美薇』是『余綠香』的經紀人？妳一定賺得飽飽的吧？只要給我一點錢，這個祕密永遠沒有人會知道。」

望著他疲憊污穢的臉，身上還有點酒氣。手不停的顫抖，這是酒精中毒患者的徵兆。

「一點錢就好。妳有多少？身上有多少？」他逼過來，「我不會害妳的，我也不貪心……只要給我錢，我就不再煩妳……」

「羅先生，你多久沒洗澡了？」綠香抓住他的手臂。

咦？「這，這不關妳的事。」

「你也很久沒吃飯了吧？來吧，我家在樓上，我請你吃飯。」綠香拉著他。

「喂！妳這女人是不是有毛病？」那個人嚇得要命，「我在跟妳勒索欸！」

「我知道呀！」綠香笑笑，「來吧，我還有幾罐冰得涼透的啤酒，冷凍庫還有一點VODKA。」

一聽到酒，他的瞳孔就放大，身不由己的讓綠香拉了回去。

「我沒有什麼男人的衣服，」她打量一下，「不過當睡衣的T恤和短褲應該能穿……羅先生，你真的太瘦了……來，這裡是浴室……」不由分說把羅先生塞進浴室裡。

她打開冰箱，發現只有幾個蛋和蔥，只好炒個飯，弄個紫菜湯喝喝。

洗過澡的羅先生，頭髮披掛在額前，神情茫茫然，看起來年輕又脆弱。他的手還是抑制不住的發抖。

「酒呢？」他連拿筷子都抖。

「吃完飯就喝。空腹喝酒對身體不好。」她把那堆髒兮兮的衣服一起扔進洗衣機。

連吃了兩盤炒飯半鍋湯，他才不好意思的停手。

「酒呢？」吃飽飯反而聲音變小了，或許是因為羞赧。

「喝啤酒好了。酒精濃度比較低。喝酒盡興最重要了。」她拿出兩罐啤酒，「一人一罐，慢些喝，慢些喝。吃得飽飽的這樣灌，很容易傷胃。」

喝了兩大口酒，手也不抖了。他茫茫的看著啤酒，穿著舒適乾淨的衣服，胃暖暖的裝滿食物，鼻子突然一酸。

任他去哭，綠香只小口小口的喝自己的啤酒。

「美薇……美薇已經很久不跟我說話了。我聽到她死在美國，我也沒有哭。爸媽都喜歡美薇，她又漂亮又會念書，嘴巴又甜，我算什麼？我只會畫畫！還畫得很爛！」他哭得一臉鼻涕，綠香嘆口氣，把整盒面紙遞給他。

「也不用瞞你。我是余綠香。」瞞誰都行，怎麼瞞身分證主人的哥哥？「我六十二年次的，你呢？」

「六十三。我叫羅自強。」

「天行健，君子自強不息。」綠香輕輕拍拍他的手，「令尊令堂對你有很深的期望呀！很抱歉不能喊你一聲哥哥，你還比我小一些呢！」

羅自強沮喪著，「為什麼讓我上來？讓我洗澡，給我吃，給我喝。我要勒索妳呢，妳沒發現嗎？」

「我知道呀！但是，我頂著羅美薇的名字，怎麼可以不管她的哥哥呢？」

他嗚嗚的哭起來，綠香沒講話，聽他哭了大半夜。

「哭累了吧？我的床讓你睡。」看他一沾枕就睡死過去，她握著那罐還沒喝完的啤酒，望著月亮發呆。

「找份工作吧！」天亮她煎了兩個蛋，又烤了麵包，把牛奶推過去，「一大早還是別喝酒。」

自強愣愣的，「真正的美薇，從來不對我好。」心裡的辛酸漸漸的浮出來。放浪、自暴自棄、酗酒。這些惡行讓他身邊的人避之唯恐不及，將身邊最後的一點遺產揮霍完，連酒肉朋友都消失不見。

走投無路，他想到貳週刊的「羅美薇」。跑去勒索林思聰，沒想到他推得乾乾淨淨，「身分證又不是我買的，我不清楚。誰用了那張身分證，你去找誰，就是別找我。」他給了自強「羅美薇」的地址。

沒想到冒牌的羅美薇不但沒有生氣，反而讓他吃飽喝足，還讓他安眠了一夜。

「我想，她一定很想對你好。」她轉頭想了想，「總是有砍不斷的血緣關係。之前感情再糟糕，如果你沒東西吃，沒地方住，她一定會收留你的。我只是盡量照著她的意思去做而已。」

她把衣服從烘乾機裡拖出來，「你的衣服都乾了。我實在不太會做家事，衣服洗得不乾淨，忍著穿吧！」

剛烘好的衣服暖洋洋的，長久以來失志喪氣的感覺，居然一掃而空。

「妳說得對。畢竟是砍不斷的血緣。」他低低的說，「我不會再來打攪妳了。」

「不要這麼講啦，自強……叫你自強可以吧？有困難再來找我吧！」她打開皮包，將所有的錢掏出來，「我只有兩千塊。你先拿著用吧！」

他的喉結上下著，哽咽著說：「謝謝。」

看著他離去，綠香也開始打點自己，準備上班。包括思聰在內，每個人都以為她既有薪水又有版稅，應該存了大把的錢。

事實上，除了母親的生活以外，她正在努力清償「余綠香」的債務。法律上余綠香死了，可以不認帳了，實際上，她只要還會呼吸，就不會把這些債務拋在腦後。

再努力一點。再努力一點，她就能夠把債務清償完。

這是她的生活目標。

23

「美薇，那本『病毒』不用忙著改了，」思聰又買了一台新的電腦，卻不是給她用的，「那本就當作綠香的最後遺稿，等十二月的時候再出版吧！對了，我已經請清風過來當總編輯了，妳以後就不用那麼忙，把妳手上的事情交給他。」

千頭萬緒的，怎麼交？「我該交什麼給他？美編？排版？」綠香有點摸不著頭緒，寫文案活似一坨屎的人也能當總編輯，這說不定是出版界的生態之一。

「妳手上的作者。他管另外一組美編和排版，妳現在管的這一組，還是妳處理就好。尤其是欣怡，記得交給他，知不知道？還有綠意，他的『小狐狸心事』賣得不錯，也交給他。」

賣得不錯的作者都給他，那我該管哪些？不過，她並沒有說什麼，就把東西交出去。

但是作者還是打電話給她。

「美薇姐，」欣怡困惑的，自從替顏培文寫過自傳以後，她漸漸在人物傳記裡頭寫出名堂，「真的要寫羅福助嗎？楊先生要我寫這個人呢！但是我不太喜歡，還得把他寫成好人?!打女人的人，我不會寫。」

綠香搔搔頭，這的確是很大的挑戰。

緣意也惶恐的打電話過來，「美薇姐，怎麼突然換總編？他要我模仿雙星奇緣寫偶像劇小說，還跟我說要邊寫邊給他看和修稿，半年後才出版給版稅呢！這樣不是抄襲嗎？不用先簽合約？如果和原先的合約一樣，裡頭註明如果涉及抄襲我得自己負責……那那那……我該寫嗎？」

綠香倒是嚇了一跳，「妳誤會了吧？他真的這樣說嗎？」

一連接了好幾個作者的電話，都是關於涉嫌抄襲的的書系。她心裡狂跳，頭也發暈。這些作者她努力照顧了將近一年，難道要毀在這種蠢點子裡頭？日夜匪懈的出版社，就要毀在這種抄襲的不名譽上面？

她霍的站起來，衝進會議室。思聰和新任總編輯正在招待最近常來的鄭福助。

「喂，妳不會敲門？」思聰很不悅。

「門又沒關。」美薇定定的看著他，「抄雙星奇緣是犯法的，你知不知道？如果東立知道了……」

「我不會讓東立抓到的。」清風含笑著說，「所以要嚴格控管寫作流程。放心吧！

這應該是可行的。」

鄭福助殷勤的勸她坐下，「美薇呀，不要緊張。這樣的書才會賣呀。作家呀，就像是偶像歌手。他們沒腦子，妳就得替他們長腦子想想怎麼寫出能賣的東西。安啦！我就是這樣捧起漫畫天王和天后的呢。」

「原來漫畫圈子就是被你這種想法搞砸的，」綠香看著他們這幾個，心裡突然覺得非常厭惡。「思聰，你說過，我有三分之一的股份。我反對這個蠢點子，而且是反對到底。說什麼都沒用。」

真不敢相信有人可以愚蠢到這種地步。她驚異的掃過這群蠢人，大踏步的出去。

「思聰，你自己要想想。」鄭福助諷刺的笑笑，走過去把門關上，「一個女人家，也敢爬到你頭上。」

林思聰煩躁的耙耙自己的頭髮，「不過她的確有三分之一的股份。再說，還有許多版稅還沒結給她。」她的五本『遺稿』都破了二十刷以上，如果不讓她變成股東，他得付出很多版稅。

「老兄弟，」鄭福助嘿嘿的笑，「那時候為什麼我要勸你版權頁別改刷數，現在你可知道了吧？她怎麼會知道你再刷多少次？除了你以外，誰會知道正確的刷數？就我看，你滿可以一毛錢都不必給。現在景氣不好嘛……」

幾個男人都露出不懷好意的笑容。

「說得好。」林思聰飄飄然的，「現在她的書銷售量也下跌了，不重要。我們來慶祝一下好了，那本韓國稿賣破五萬本了勒！」

「不是清風幫你操刀，這本書會賣得這麼好嗎？」鄭福助大力的拍拍楊清風，「怎樣，我的弟子不錯吧？要分三分之一股份給那個女人，不如給清風呢！正好你可以專心管後製作，前製作讓清風替你管理就好，你說對不對？」

「這倒是好主意！」林思聰興致勃勃的，「來，為了我們的未來乾一杯！」

綠香在辦公室生悶氣，渾然不知會議室裡的陰險計謀。

之後，她就被架空了。除了叫她跑跑美編和排版那邊送稿，所有出版計畫都不關她的事情了。

時間突然空很多出來，是有些不習慣。但是她也就能準時上下班，多了許多寫作的時間。

「要小心，美薇。我總覺得他們對妳不懷好意。」培文得到一點點休息的時間，就會約她出來走走。一摸她身上的大衣，「這麼薄？為什麼穿這麼破舊的大衣？」

剛把自己身上所有的錢榨完，卻也無債一身輕的綠香揮揮手，聲音很愉快，「不要緊的，月底我就可以分到前半年的版稅。到時候我就換件新大衣。」

這個傻姑娘。他愛憐的摟摟她。

「這麼摟摟抱抱，」綠香稍微閃了一下，「我會誤會的。」

「誤會什麼？」他故意抱緊一點。

「喂喂喂，顏先生，」綠香把他推開點，「我又不是你的女朋友。萬一被你抱慣了，我誤以為你要追我怎麼辦？真是的，朋友親熱也要有個限度……」

「什麼?!妳還不是我的女朋友?!」培文裝出很震驚的樣子，「我以為妳早就是我女朋友了！不行不行！我還有競爭對手嗎？李巍？那渾小子！學業未成，何以家為！敢把腦筋動到妳頭上來……」

綠香笑彎了腰，「天啊！你在講什麼？堂堂言必信總裁呢，說什麼無賴話來。」

「那就是蔣中帆那個酸文人？呿！眼睛長頭頂，他一定用跳槽這種誘餌誘拐妳！千萬不要上當，當他的助理編輯，真是倒楣得要命。我有個學妹就吃過他的苦頭。」

「你在說啥？」綠香笑著在他肋骨打了一拳，「人家是彬彬君子，才不像你這個無賴，眼光那麼差。」

言猶在耳，中帆和她喝咖啡的時候，突然說，「美薇，如果我追求妳，妳可願意？」

險些把滿口咖啡吐出來，大大的嗆咳了幾聲，她漲得滿臉通紅，「中帆，不要開這種致命的玩笑。」她險些嗆死。

「我不是開玩笑。」他倒是優雅的喝著咖啡，「真的。我很喜歡妳。」

中帆是很好看的男人。他那種溫文儒雅的滄桑，常惹得其他的女人愛慕又羞怯的看了又看。

真的和帥不帥沒有關係。綠香覺得自己的男人運或許很差（要不怎會嫁給那種笨蛋？），但是男人緣卻好得出奇，遇到的男人一個帥過一個。

她有點尷尬的擦擦嘴，「我不是林非羽。」歉意的。

中帆愣了一下，「我並沒有把妳當成非羽的替身。」但是他也跟著靜默了。

閒下來，她開始找林非羽的資料。終於找到了幾張她的照片。有幾個角度，的確和整容後的自己有些相似。

相似的人，相似的文風。雖然很明白林非羽和自己的作品一個在天一個在地，對於這些憶念她這麼些年的男人來說，應該是很安慰的吧！

「妳會這麼說……是不是顏培文也跟妳求愛？」中帆似笑非笑的。

綠香紅了臉，咳了一聲，假裝專心喝咖啡。

「我倒是好奇的問一下，除了顏培文和我，有沒有人追求妳？」他招招手，拜託侍者再給一杯咖啡。

不禁氣餒，「沒有。」

「太糟糕了，美薇，太糟糕了。美女居然是這樣的待遇呀……」他笑了出來。

「喂，我不是什麼美女。」綠香有點不開心，整容後當然漂亮多了，但她還是余綠香的時候，愛慕者可以用十輪大卡車載，現在居然連一部計程車都載不滿。

美女有個鳥用。

「那，妳答應了顏培文？他現在可以好好照顧妳了。還是說，他的心裡永遠有非羽，所以拒絕了他？」他好看的臉一派溫和，看不出真正的意圖。

「我沒答應他，也並沒有拒絕……我只是覺得我該好好想想。事實上，你們並不認識真正的我……」她覺得有些苦惱。可能的話，她一點也不想撒這種謊。但是既然選了路走，她已經沒有回頭的機會了。

「真正的妳？妳是指，事實上，妳就是余綠香的事情嗎？」中帆閒閒的說，撿起一片手工餅乾。

綠香瞪大了眼睛，像是全身的血都抽乾了。

24

「你……你你你……」綠香結巴了半天，「你……」

「『你怎麼知道？』鎮定點，美薇。這並不是什麼了不起的祕密。楊清風不是個嘴巴牢靠的傢伙。他自以為是的尊嚴建立在小道消息的散播。」

「但是楊清風怎麼會……」綠香罵自己笨，當然是林思聰告訴他的。這下好了，她還像個笨蛋一樣，擔驚受怕、小心翼翼保護著大家都知道的謊言。

「不過，楊清風的小道消息，只是確定了我的推測而已。大約見面幾次，我就料定妳是余綠香了。」還是氣定神閒。

「為什麼？我哪裡露出破綻了？」綠香有些困惑。

「妳相信從文字可以了解一個人嗎？或許不是全部，卻可以了解她的大部分，還是最細微的部分。不是妳會做功課，我也會做功課。我幾乎把余綠香的作品都讀完了。妳就像是余綠香諸多作品的組合——雖然是笨多了。」

「喂！」綠香的臉都漲紅了。「我的確騙了你們。」

「所以我才說妳笨。誰來問妳，妳都要咬死不承認。」中帆忍不住教訓她，「既然妳選擇這條路了，就要咬牙捱過去。」

她臉上的燒還是沒有退，聲音比蚊子還小，「……那，培文又怎麼知道的？」

「天真的姑娘，」中帆有點受不了她，「妳以為那個奸商看不出來？他在商場十幾年了，恐怕第一次就讓他識破了妳。」

她低頭笑著，雖然覺得羞愧，心裡卻輕鬆不少。

「妳的作品我看了。」中帆把那包稿紙亮一亮，「考不考慮出在我們出版社？」

綠香的臉更紅了些，「喂，你想整垮自己出版社麼？我是三流小說家，那些東西沒有什麼價值啦。」

中帆拉住她的手，笑容有些憂鬱卻和煦，「不管是書還是妳，傻姑娘，我都等著。當然這是兩件事情。」

正尷尬著，自強解救了她，「嗨，美薇，不是要回去掃墓嗎？」

「掃墓？」中帆望望自強，又望望綠香。

「對呀，羅美薇爸媽的墓。我介紹一下，他是羅美薇的哥哥。」綠香滿臉的笑，冷不防被自強敲了一下，「胡扯什麼，妳就是羅美薇！快走吧……」緊張兮兮的拉走她。

說她傻，她到底不傻呢。中帆詫異著，還知道要拉攏羅美薇的哥哥。

「我的皮包！」綠香又撲進來。

「掃墓，的確是避免被揭穿的好方法。妳可得記清楚方位。」中帆笑笑，把她的包包拿過來。

「方位？揭穿？什麼？」她一臉的茫然，「掃墓就掃墓，跟揭不揭穿有什麼關係？」

中帆納罕起來，「那麼，妳為了什麼去掃羅美薇父母的墓？」

「這個呀，」綠香鬆了口氣，笑著，「我頂著人家的名字，總是得盡一點孝道。如果羅美薇活著，她一定也會去掃墓，跟哥哥友好的。我受她的身分庇護，怎可不飲水思源？」

「美薇！別胡說八道了！」那個哥哥看起來比她還緊張，「對不起對不起，她寫小說燒壞腦子了……」一路拖著跑。

「誰燒壞腦子了？」

「就是妳！妳這蠢丫頭！」

「你才蠢！」

中帆看著拌著嘴出去的兩個人，搖搖頭。蠢麼？或許。說不定她的憨直，一方面害了她，卻一方面也救了她。

或許她比非羽幸福。應該是。

他微笑。冬意漸濃，這蕭瑟的街景，卻還聽得到不畏寒的孩子在遊戲，鈴琅笑聲，像是一串串銀鈴。

和綠香沒有心機的笑聲多麼相似。他也忍不住跟著笑了。

「為什麼妳像是我妹妹不像是比我大？」一路自強跳著罵，「萬一妳的身分被揭穿怎麼好？妳這豬頭……」

「人家早就知道了！」綠香提高聲音，「不要再罵我豬頭了！」

「啥？」自強倒是嚇了一跳，「笨蛋！那更應該死不承認……」

怎麼她身邊的人都聰明得要命？綠香有點自憐，每個人都爭著敲她的頭，罵她蠢。

上完香，跟羅爸爸羅媽媽道完歉，他們一起繞著墓園走走。現在的墓園整修得比花園還漂亮，小山頭可以看到遠遠的海。

「找到工作了？還喝嗎？」一起坐在草地上，綠香很關懷。

「工作找到了，當然我還喝……下班回去就喝，九點十點就打住。睡一夜醒酒，天亮還是能上班。」他有點慘澹的笑笑，「酒是戒不掉了，反正只有晚上才喝，現在也改喝啤酒了，醉得沒那麼厲害。」他點菸，手的確不那麼抖，「雖然只是在廣告公司畫腳本，能夠自給自足，比起以前溝鼠似的生活，已經很好了。」

綠香鼓勵的拍拍他的手。

「美薇呀……這麼叫倒像是叫我妹妹……其實應該感謝妳。」自強不好意思的搔搔頭，「我不是鼓勵妳隨便撿男人回來。只是那天妳那樣靜靜的聽我哭，餵飽我，給我酒，讓我換上一身乾爽，躺在香噴噴的被窩裡睡覺。突然覺得我也該轉個彎，這世界沒欠我什麼，反而對我這個存心作歹的人那麼好。」他嚥下一口唾沫，順便把眼淚嚥下，「我不會講……好像迷路得很怕，往前也不是，往後也不是，突然有人扶了我一把，給了我一杯熱茶。心一寧定，馬上就找到了方向走……哎呀，我不會講……」

「美薇如果還活著，也會這麼作的。」綠香安慰他，「所以我沒作什麼。」

回到家雖然很疲倦，心情卻很輕鬆。

洗澡洗到一半，突然有電話。十二點半了？今天已經接過培文的電話呀？她包著浴巾出去接電話，「喂？」

「余綠香！妳不要以為我不知道妳幹了什麼好事!!妳居然鼓吹欣怡到九翼出版社！妳這賤人！」思聰的咒罵源源不絕的從話筒傳過來。

「什麼？」她定了定神，想起欣怡跟她苦惱的討論過未來去留，「林思聰，你才是賤貨。欣怡的書賣得不錯，你連正確刷數都不提供給人家，後來寫的兩本跟你要求提高版稅，你把人家小女生罵哭了。你又沒跟人家簽人約，又沒付人家薪水，人家長著兩條腿，難道還不能換出版社？關我什麼事情？」

思聰冷笑著，「不要以為我不知道，你勾搭上了九翼的總編輯小蔣，小蔣迷妳迷得要死，想幫妳出書是吧？去呀，去呀！我們小廟請不起大和尚，明天起，妳就不要來上班了！」

「不上班就不上班，」氣得發暈，綠香反而笑了起來，「林思聰，你無故解僱我，得付我三個月的遣散費。還有五本稿子上半年的版稅也請你結算給我，貴出版社的股份，我也不希罕要了。」將近一年，天天跟他吵架，她真吵得膩極煩極。

「我幾時說過要給妳股份？」思聰乾脆翻臉不認帳，「那五本稿子？現在景氣那麼差，我還沒跟妳算退書這麼多的帳呢，妳跟我要版稅？遣散費更不用想，妳整容的錢還沒給我呢，那三個月貼給我都不夠用。」啪的一聲，他掛了電話。

氣得發怔了一下子，寧定下來才暗叫不好。這麼一來，她真的兩袖清風，什麼都沒有了。

被人家用這種詭異的理由炒鱿魚，她覺得啼笑皆非。

「這樣真的可以嗎？」林思聰還是有點坐立難安，第二天綠香果然沒有來上班，「萬一她告我們……」

「她敢嗎？」老鄭好整以暇，「她不敢的。別忘了，她可是『黑戶』。若是被人家發現她就是『余綠香』，那可是詐欺呢！」

「是呀，」清風也拍拍他的肩膀，「我們還是來談談我們的合夥計畫吧……」

過了幾天，綠香連電話也沒打來一通，他漸漸安心，把綠香的東西胡亂的丟成一箱，叫快遞送回去給她。即使如此，她還是一點動靜也沒有。

老鄭說得對，她能怎麼樣？不但省下了幾十萬的版稅，連綠香的年終獎金也一併省下來了，他覺得非常高興。若不是接到存證信函，大約他會更高興的。

接到的時候，幾個人面面相覷。以前都是綠香處裡存證信函的，現在寄來的人正是綠香，這可怎麼辦？

25

「老鄭，你不是說，沒有問題？」思聰一臉的苦瓜，「現在她倒是列了一大堆要告我，現在怎麼辦？」

「不要擔心啦！存證信函我接多了。不要理她，看她下一步準備怎麼辦。」老鄭也有點沒把握，「必要的時候，我介紹個律師給你好了，只是遠了點。」

「多遠？」

「基隆。不過，他可是基隆有名的律師唷，」怕他太沒信心，趕緊補了一句，「他打官司還沒輸過。」

思聰沉下臉。要命，開個出版社，老是有人要告他。

「有了有了，」清風滿頭汗的拿了一張印出來的布告，「羅美薇在網路發表了一篇聲明，說她和我們沒關係了，還說我們欠她錢。」

「這有個鳥用?!」林思聰暴跳如雷，「我們是欠她錢沒錯！如果她真的聲請假處分，就算我們這邊不讓她查帳，經銷商那邊的帳目我跑得掉嗎？這下死定了，還有作家肯讓我們出書嗎？」

「不不不，」老鄭趕緊說，「我們可以告她毀謗。這罪可是刑事責任呢。她寫存證信函來，我們也寫存證信函過去，先賴她溢領我們款項，然後再說她損毀我們商譽，準備告她毀謗罪。她一害怕，就可以和解了。說不定嚇到她，還可以不花錢就和解呢。小女孩嘛，嚇嚇她就怕了。」

綠香是嚇一嚇就可以了事的嗎？思聰實在滿懷疑的。不過，事情走到這個田地了，不這麼做能怎麼辦？

「好吧，基隆的律師電話多少？」

最後跑了好幾趟基隆，又和經銷商通宵開會，這才讓律師發存證信函出去。

「為什麼寫一封存證信函要五千塊?!」思聰不禁暴跳了起來，「就這樣兩頁紙，就要五千塊？」

「小林呀，這算便宜了，」老鄭安慰他，「五千塊和幾十萬，當然五千塊便宜多了。還有呀，上回那個貳週刊的記者，你還記得嗎？有沒有連絡電話？」

他們這樣忙得要命，消息卻從經銷商那邊走漏出去，整個出版界都在討論少有的經紀人告出版社的消息。

一來是羅美薇代理余綠香的小說以來，在網路上已經有一定的知名度，二來貳週刊又把他們間的事情炒得非常八卦。出版界向來喜歡討論小道消息，連中帆都知道了。

「美薇，這麼大的事情，為什麼不告訴我？」中帆直到大半夜才找到她人，電話裡急得很，「妳把我當外人？」

「沒的事。」綠香安慰他，「這是小事，我自己處理就行了。」

「他們揚言要告妳毀謗，妳這可處理了嗎？」中帆有些頭痛，「妳若要律師的話……」

「暫時還不用啦！」綠香還笑得出來，「他們寫那什麼玩意兒存證信函？欺負我沒看過？別鬧了，我知道該怎麼處理。錢，若真的要不回來，也就罷了，只是我忍不下這口氣，不能讓他覺得作家或經紀人都是軟腳蝦。真要靠一枝筆活下去，不怎麼困難。中帆，你若要出我的小說，我這可推辭不了了。版稅還能讓我擋一陣子。有幾個專欄跟我邀稿，大約寫來生活，也不出大錯。先別擔心這個。只是那稿子不要勉強，用不得，早點告訴我，我好找其他出路。」

中帆見她氣定神閒，不知道她是胸有成竹呢，還是天真得不知道事情輕重，只好叮嚀幾句，滿懷心事的收了線。

「誰？」培文坐在她的客廳，擔憂得很。

「蔣中帆。」綠香笑笑，「你們對我還真沒信心呢。」

「不要我替妳找律師？不用替妳找法律顧問？美薇……這不是小事……毀謗是刑事……」培文握著她的手，擔心這個傻大姊要怎麼處理這一切的繁複。

「培文哪，你可知道綠香之前的背景？」綠香笑著拍拍他，「我之前也在營造廠過一段時間。寫作前也有近十年工作經驗呢！若說存證信函，我自己都能動手寫了，還怕這小小的官司？若說毀謗罪隨便就告得起來，新新聞的案子怎麼連綿了一年多還在告？快別替我擔心這些。」

培文定定的看她。若說她傻，說她憨直，又似乎什麼都想到了。

「就算告他，妳沒律師，也不見得能贏。」培文心底有些沉重，「當中他若脫產呢？這若是上百萬千萬的案子，還值得上法院告他一告，幾十萬的案子，又怎麼告得起來？」

綠香起身煮咖啡，倒了一杯給他。說她沒朋友，這可不是大群的朋友？一發完宣告，多少熱心人士給她建議。若說她混網路混出什麼名堂，文名是其次，朋友才重要。

「所以說，我不會直接弄到法院去。先到調解委員會申請調解。看，我這麼有誠意好好解決，他們若是沒誠意出來的話，我也沒話說。這是逼我上法院呢。」

竟是什麼都想好了，怎麼說她傻呢？之前覺得她和非羽極不相似，總覺得她心眼太實，不知道保護自己。現在倒覺得她們倆個頗有相似之處。只是美薇小地方不計較，直到大處才願花心神周旋。

「…………妳可是擔心律師費？這我是能幫妳的。」

綠香笑著搖搖頭。

培文有點氣餒，「我知道了，妳遲遲不願接受我，只因為我心底總是有非羽。」但是他不可能忘掉這個在他生命裡刻出深深痕跡的女人。

「才不是，」綠香有些訝異，「你這麼想？我是誰？就算當了你的女朋友，甚至嫁給了你，我怎可能要求你的靈魂百分之百的屬於我？你若這麼要求我，我都覺得過分，我又怎麼會這麼要求你？你愛非羽，終生想念她，自然是件好事。這表示……萬一你和我分了，也會深深憶念我。」說著，她又臉紅了，「當然我是說如果。若是人家跟我分手後，又輕易的把我們間的這段日子好壞都抹煞，我心底一定是難受極了。」

培文摸摸她的頭，讓她靠在懷裡。

「你讓我依賴慣了，我會被寵壞。」綠香輕輕嘆口氣，「我曾經被寵到沒有自立能力，然後狠狠地被甩掉。好不容易學著用自己的腳站起來，不想重蹈覆轍。」

「我不是你那無良的前夫。」培文有些不開心。

「我很知道。」她的聲音小小的，「所以沒有拒絕你呀。」

所以沒有拒絕你……培文微笑，緊緊的擁住她，「沒有拒絕，所以是，好？」

過了很久，她才輕輕的點點頭。

他的心，突然從緊繃鬆解開來。自從非羽死後，他一直陷在深深的悲傷中。沒有能力守護非羽，不能給非羽未來，這些年，讓他在不斷自責中渡過。

他不再狩獵任何少女的心，曾經讓非羽噙著悲傷微笑的花心，在深切的懊悔裡收斂。將所有的精力都放在工作上。這樣，他才能不被悲傷或懊悔侵蝕殆盡。

現在，他能守護自己想守護的人了。而那個人也願意讓他守護。

「你只要守護我的心靈就好了。」綠香對他眨眨眼，「我的戰爭，我自己打去。」

調解那天，她堅持自己去。「你有自己的工作。不要為了這個，放棄自己的職責。」

調解破裂，她也只是俏皮的笑笑，「他們一定要告我。也好。民事刑事一起告下來，律師出庭一庭四萬，纏綿個幾年下來，剛好讓他們賠個幾百萬繁榮社會，也不是壞事。」

在會議休息的時候聽到她這樣舉重若輕，培文笑出來，「好吧。那妳有什麼計畫？」

「計畫？」他可以想像綠香在話筒那邊眨著眼睛的樣子，「我是個再笨也沒有的女人家，能有什麼計畫？連律師都請不起，每庭都得自己出庭呢。」

她輕嘆一口氣，人家有幾百萬請律師，她只好自己來，「反正我也不打算上班了，最近又接了些文編的工作，養活自己大約沒問題。對了，中帆幫我介紹了幾家出版社寫歷史小說呢，我大約就跑跑圖書館，寫寫小說，喝粥度日。橫豎現在時間多得很，順便寫點東西，看看縱橫文學獎有沒有我的份。」

「我不想妳得什麼文學獎。」培文心底一黯，「我要妳好好的。」

「放心，我是羅美薇，不是林非羽。我若有什麼不痛快，會直接殺到你家去，」她幽默的眨眨眼睛，「你想逃都逃不掉。」

綠香當真深入簡出，過著讀書寫作的生活。一本歷史小說稿不過兩、三萬塊，但是她物質欲望向來不高，又接了幾個專欄和文編，日子還能過得去。

打過了兩個月，她依舊氣定神閒，四寶那邊就有點按耐不住。

「你不是說她會怕?」思聰沉不住氣,「這下好了,官司這麼綿綿不絕的打下去,我還用混嗎?這官司一開打,所有的作家都怕拿不到錢,跑得比飛還快!我已經兩個月沒出半本書了,清風你搞什麼鬼?為什麼兩個月還做不出半本來?」以前綠香快手快腳一個月出個五、六本似等閒,為什麼這個資深編輯能夠混成這樣?

「我忙著替你蒐證欸!」清風也不高興了,「又要我幫著蒐證,又要我校稿寫文案管美編排版,那些美編排版可惡透了,沒看到錢動都不動,這也要怪我?我不是你請的夥計!這種合夥人叫人怎麼做得下去?」

「別吵,」老鄭忙著打原場,「現在不把殺手鐧使出來不成了。」

這個禮拜貳週刊又狂賣,獨家頭條就是:「余綠香詐死?! 欺世盜名的『羅美薇』?!」

中帆看著這篇報導,抬起頭覺得暈眩。難得的冬陽和煦,他卻覺得天空飛來黯沉沉的雲,夾著恐怖的閃電。

26

「美薇，妳打算怎麼辦？」中帆焦慮的打電話給她，「這篇報導沸沸揚揚了，我們老闆已經下令暫停妳的小說出版。這雖然不見得會實質傷害妳什麼，但是這會影響法官判斷。」

綠香倒沒他想像的慌張，「我想，法官不見得會被這種八卦雜誌牽著鼻子走。中帆，你說我是誰？」

他很肯定，「妳是羅美薇。我認識妳時，就是四寶出版社的羅美薇。」

「謝謝。」綠香笑笑，「這樣就夠了。」

深深吸一口氣，這是場漫長的戰爭。她的電話整天都響個不停，她的腦子也轉個不停。

「我若跟你要求一件事情，不知道可不可以？」她打電話給培文。

他有些吃驚，向來獨立的美薇，是不會跟他要求任何事與物，「只要妳開口。」

「我想開個記者會。請幫我連絡貳週刊。」她莫測高深的笑笑。記者會當天，現場爆滿。最近沒有大新聞，選舉結束，景氣低迷的消息已經報得連記者都膩。

余綠香死後旋風似的狂賣，經紀人羅美薇第一次建立國內經紀制度，即使羅美薇和四寶出版社決裂，許多作家也跟著她的腳步出來，她的手上還有新興作家許綠意和林欣怡。所有的新聞焦點都擺在這上面。

這場詐死風波的貳週刊用幾個問號使得這個禮拜的銷售量狂賣，也興沖沖的準備揭穿「余綠香詐死」的「真相」。

雖然綠香堅持不要培文陪伴，他還是和中帆一樣請了假，一起到會場來。

「緊張嗎？」培文低低的問。

綠香給他一個燦爛的笑容。「這是我的舞台。培文，不要擔心。我要你為你的女人驕傲。」

「我一直都很驕傲。」他握緊綠香的手。

來吧。她緩緩的走上台，小說的高潮來了。

她微笑的上台，許許多多的眼睛注視著她。她想起思聰陪她上廣播節目的時候說的話：「妳不是天字第一號國畫大師嗎？去畫虎畫蘭啊～」

思聰，我從你身上學會了許多。她微笑的看著台下，果然思聰、清風與老鄭，鬼鬼祟祟的躲在角落。

「晚安，各位。」她大方的打招呼，「自從貳週刊第二次的報導我的消息以來，實在令我受寵若驚。我不知道我這樣微不足道的小人物，居然能夠受到貳週刊的重視。不過，我想，我和四寶出版社打起官司以後，大概就願意相信我和林思聰先生沒啥私情。目前為止，我也還沒追求過我的作家，」欣怡笑了起來，綠意也掩口，「我想我大約跟綠香也沒戀愛過。」台下倒是讓她逗笑了。

「今天這個記者會呢，倒不是想告貳週刊──一樁官司就夠我煩了──只是記者先生小姐天天打我電話，又在我家門口熱情招呼，房東威脅我不出來解決，準備請我搬家了。現在房子這麼難找，一個個跟記者小姐先生吃飯，我大約要吃到明年才能解釋清楚，還是一次解決得好。」底下又笑成一片。

「羅美薇小姐，妳真的不是余綠香嗎？」有記者舉手發問。

現在的記者……「我是羅美薇。」她繼續微笑，「要不要看我的身分證？」

貳週刊的發言人也站起來，「羅小姐，妳是哪個大學畢業的？」

「南加大。」

發言人神氣的亮出幾張放大的照片，「請看，這是妳在南加大的照片。和現在的妳，實在不太相像。」

海報大的照片，羅美薇的笑容非常甜美。和台上的羅美薇比起來，的確容貌粗糙些。

她有點難堪的搔搔下巴，「真是，這種事情也要公開來講嗎？不過，我不是女明星，應該沒關係吧？」她伸伸舌頭，「我太愛漂亮了，所以整容過。林思聰先生，您應該還記得吧？是您帶我去的呢！我剛好也請了這位整容大夫過來。」

林思聰倒抽一口氣，看著他的同學不大自然的面對底下的記者。

「大夫，你還記得我吧？」綠香笑嘻嘻的，「是思聰帶我過去的。」

他不好意思的笑笑，「是呀，那時候羅小姐和思聰吵得很大聲呢。就為了要整容什麼地方，兩個人還在醫院吵了很久。」

「那，我病歷上是余綠香嗎？」她很親切的問。

他有點摸不著頭腦，昨天這位小姐還要他帶病歷過來，「不是呀。是思聰幫妳填的病歷呢。」

綠香晃了晃手上的病歷。

發言人的臉孔有些扭曲，他望了望新聞來源，有點不知所措。咬一咬牙，「羅小姐，妳在南加大那麼多年，總記得妳的室友吧？現在她也來到現場了，妳能分辨是哪一個嗎？」他指了指坐在台下的四個女人，不約而同的望著她。

綠香定睛看看，指著第二個，「彩依？好些年不見，妳倒是瘦了些。幾時回來台灣的？怎麼沒跟我連絡？」

那個女人站起來，定定望著她，「美薇？」

綠香走下台，擁抱住她。她遲疑了一下，也輕輕拍拍綠香的背。

「整什麼容呢？害我差點認不出來。」

不可能！發言人驚呆了。林思聰明明跟他說，余綠香就是羅美薇。

「我帶她去整容的，我怎麼會不知道?!她一句英文都不會，一輩子也沒出過國，連南加大長什麼樣子都沒見過！更不要提她的室友什麼的。只要找到羅美薇的朋友，就可以輕易揭穿她了！喂，我讓你們出版量提升，但是絕對不可以牽涉到我！」林思聰言猶在耳，但是……

他清清嗓子，用英文說：

「Miss Luo, we know you are Perfume.Green. Miss Yu,you cheat your mother by faulse death. Both of You can't see each other, your mother miss daughter so much.Don't you feel sadly and groomily.」

（羅小姐，我們都知道妳是余綠香。妳詐死欺騙妳的母親，不能夠母女相見，不覺得黯然神傷嗎？）

綠香也微笑，帶著輕微的加州口音：

「Mr.somebody, God will bless my mother, she would beconsoled by everything what I have done. If you wish, I'd like take you go to Dan Shui to see their graveyard, wouldn't you?」

（先生，我的母親有神眷顧，她定對我的一切深感慰懷。你若願意，我可以帶你到淡海探望羅家的墓地。）

連思聰都有點糊塗，難道，她不是余綠香？他呆呆的望著這個自信又坦然的女人，幾個月不見，他開始懷疑自己的記憶。

她清楚的用英文和中文跟台下的記者們說：「既然證明我是羅美薇，我是不是能夠結束這場鬧劇？」

她把手放在發言人的肩膀上，「先生，我很感激貳週刊的厚愛。只是幫我這樣炒知名度，我良心不安著呢！希望將來貴週刊能謹慎選擇新聞來源。」

「謝謝大家來參加記者會，如果沒有其他問題，容我告退，家人等著我一起吃飯，彩依，妳要不要來？」自強在人群裡招了招手。

她冷靜的牽著彩依的手微笑，讓攝影記者拍照，自強和培文都擠過來，連中帆都跟著。

一起上了培文的車，大家都靜默不語。

「謝謝妳。」她向彩依點頭。

「謝什麼？如果妳做不出什麼成績，有辱『羅美薇』的名字，我絕對不會饒妳的。」她笑笑，相當欣賞這個勇氣十足又冷靜的女子，「我是美薇最好的朋友。」

「也是我的朋友。」綠香嚴肅的對她。

凝視著她，彩依挑挑眉毛，「還用說？妳不就是羅美薇？人世間的緣份很奇妙，我和美薇都是余綠香的死忠讀者。異國的寂寞歲月，綠香的文章，是我們感動的來源之一。」

險勝一場。綠香靠在椅子上，輕輕的呼出一口氣。她唇邊噙著微笑，跟思聰的戰爭一開始，她勤作功課的習性，讓她險勝這一場。再怎麼討厭英文，為了不想輸，她不知道花了多少力氣跟那位英文老師苦磨。

多少人的善意和偶然，讓她贏了這場！

「謝謝大家。」她輕輕的說。

昨我非今我。而今我，得用另一個名字勇敢的活下去。

終

「美薇，看到今天的報紙沒有？」培文一到公司，迫不亟待的打電話給她。

她趴在床上，咿咿嗚嗚的掙扎，「還沒，昨天研究縱橫文學獎的歷屆得獎作品研究得太晚，還在床上。」她的聲音慵懶渴睡，「怎樣？」

「唔，貳週刊被修理得很慘。」他的聲音帶著歡意，「我想他們想修理貳週刊很久了。」

綠香的唇上浮出笑意，「貳週刊是打不死的蟑螂。不過，這期的銷售長紅，應該能夠彌補他們受損的自尊。」

他望著晨曦，為她懸著的一顆心正常的歸位，「我跟妳說過我愛妳嗎？」

「沒有。」她把頭埋在枕頭裡。

「真奇怪，我還以為我說過千百回了。」他頓了頓，「美薇，妳是不是臉紅了？」

「呿！」她埋深些，像是這樣就不會被發覺她那容易通紅的臉。

「當妳的男朋友，心臟要很強才行。」好不容易朦朧睡著，又接到中帆的電話，「今天老闆又要我把妳的小說拿出來。」

「趁新聞熱潮？」她蓋住自己的眼睛，「天下的老闆……都是一樣的。」

「什麼時候寫『第一次謀殺老闆就上手』？我等著拜讀。」

她笑了起來，「你敢出版，老闆恐怕會把你炒魷魚。」

聽著她溫柔渴睡的聲音，「得不到妳，得到妳的小說，也夠了。」他的聲音也跟著溫柔起來。

「我不是林非羽。」她輕輕的說。

「我知道。我分得出來。」他也輕輕的回答。

生活自然還有很多阻礙和荊棘，但是仍然會在轉彎處開滿玫瑰和薰衣草，帶來一路的芬芳。

她的生活依舊單純。寫作、找資料，逛書店，窩圖書館，當然，還有出庭。

驚人的耐力終於讓思聰屈服了，他託了律師庭外和解。綠香沒跟他要利息，版稅完整的照刷數回到她手上。

算算林思聰花在律師和版稅的費用，可以付給三個「余綠香」。她聳聳肩，這不是她的問題。這場官司，讓思聰幾乎把所有賺的錢都吐出來。

她將支票存進銀行裡，埋頭繼續寫她的縱橫文學獎。

「這樣可以了。」中帆看了她最後的修訂稿，「我想，妳可以如願以償。」中帆對了。她的確得到縱橫文學獎短篇小說組第三名。

「我不想妳去領什麼文學獎。」培文很沮喪，非羽領了文學獎後的萬念俱灰令他餘悸猶存，「只要妳好好的。」

「我會好好的。」她舉起一隻手，「我發誓。」

這次的文學獎還準備在廣播節目現場直播得獎感言，早早的綠香就把演講稿交給製作單位。

第一名第二名的演講長得令人瞌睡，她卻笑容滿面，只有中帆才看得出來這燦爛笑容底下令人費疑猜。

他古怪的看著綠香，不知道她想些什麼。

輪到她時，她抓著稿子上台，「我先確定一下，這是現場直播，對不對？」

製作單位瞪大了眼睛，愣愣的點點頭。

「很好。」她丟了演講稿，「各位好，我是短篇小說第三名的得獎人，羅美薇。」

打瞌睡到一半的來賓幾乎都醒過來。

「得這個獎，在我意料之內。因為我已經把歷屆縱橫文學獎的得獎作品都看到會背了。再者，所有的評審委員的口味，都已經捉摸清楚，所以，這個獎得來很容易。

如果要感謝誰，我想得感謝縱橫文學獎多年來不曾改變的口味和調性，讓用功的作者能夠輕易的得到獎金，讓我們能夠養家活口。」

她頓了一下，笑容充滿了惡作劇。

「只是，一篇好小說需要的只是用功和迎合評審口味嗎？如果縱橫文學獎只想告訴我們這件事情，我想學校的填鴨教育已經告訴我們夠多了。實在不用浪費這麼多錢來辦這場大拜拜。不過大家既然這麼喜歡大拜拜，我也就不客氣的拿走了神豬……旁邊的大紅包。」

她晃晃獎座，「至於這隻神豬，我想還是留給製作單位。我想，既然文學獎仍然喜歡遵照學院派的因循苟且，這個因循苟且的神豬……不是，獎座，還可以留給下一個用功的作者。反正因循下去就行了。我比較愛紅包。」

她晃晃支票，大剌剌的從講台下去。

中帆瞪大眼睛看著她下來，整個會場寂靜無聲。他仔細想想，突然無法遏止的大笑，用力的鼓起掌來。

採訪藝文新聞的記者也笑著鼓掌，接著是年輕的作家，年長的作家像是公然的祕密被揭穿了，也有些不好意思的鼓掌，只有德高望重的評審，鐵青著臉，聽著一屋子轟然的笑聲與掌聲。

聽著背後的掌聲，綠香大笑著跑出會場，春天就要到了，滿眼嫩綠。培文把車停在外面，無奈的對她搖搖頭，嘴角藏不住笑意。

「快走！評審恨不得把我五馬分屍呢！快！」她跳上車子，興奮染紅了她的臉。

「妳呀……」他把車開走，一路都是兩個人的笑聲。行經萬大路，居然塞車。她的心情還很高昂，打開車窗好奇的探望。

「火災呢……」她看見陣陣濃菸從巷子裡冒出來。

「咦？妳不是羅小姐？」忙著跑來跑去的守望相助伯伯看見她，驚喜的跟她打招呼，「幸好妳不在樓上喔……」

「樓上？」她好奇的朝他指的方向張望。

「夭壽唷……聽說是菸蒂起火的……那家什麼……八寶粥？好像不對……反正就是那家出書的火燒起來了……」

「哦……」培文應了一聲。

「哦……」綠香也跟著應，「我早就不在那邊做了……」管他八寶四寶的。

培文笑笑的把車開走，睥睨的看著她。

綠香把手舉起來，「不是我。我沒有咀咒他們，也沒有找人去燒房子。欸，我知道你要說什麼，我沒有幸災樂禍。」

「舉頭三尺有神明。」他一本正經的，「我什麼也沒說。」

綠香趴在車子上笑到不會動。

他索性把車子停在路邊，「幹嘛？這裡是紅線！會拖吊呢！」綠香奇怪著。

「小姐，我對妳一見鍾情。」他拿出一枚樸素的戒指，「真的很想套牢妳，只是，妳芳名為何？」

她定定的望進培文清澈的眼睛，在他眼裡看見自己。

「我姓羅，羅美薇。」

每個閉上眼睛的昨日都已經死亡，每個睜開眼睛的今日都是新生。

「現在的女作家，的確是聰明多了。」

（完）

後記

這算我早期寫得非常鮮活的故事。但我一定要聲明，女主角不是我。（笑）

雖然職業同樣是作家，雖然許多想法雷同，但只是我靈魂的碎片之一，當中的故事也多半是虛構的，我也並沒有遇到我的男主角。

所以說，「藝術家通常是欲求不滿的色胚」，這句話有部分真實。就是有所不滿、有所渴望，才會這樣努力的去追求圓滿，拚命的書寫，希望可以達到某些滿足，即使只是虛擬的世界裡。

但寫這部是非常開心的。當初會想這部，實在是那年發生了太多空難，我剛開始寫作，非常不順利。某天我去pub，回來看到一室蕭條，前途未卜，呆呆坐在玄關很久很久。

垂首哭泣，覺得這樣實在太沒有建設性了。我爬起來打開電腦，開始敲鍵盤。這通常是我讓自己振作起來的方式，將負面情緒封印起來。

那時的我比現在更依賴寫作的療傷和封印，這也是我唯一知道的發洩途徑。但故事設定完畢，就有了自己的生命。

一開始，我只寫了開頭，就扔到旁邊去了。後來發生了一些事情，又刺激到我，於是我又接上去繼續寫。雖然是狂想居多，但我之前沒寫過、之後應該也不會寫這樣的題材。我很野也很狂的碰撞一些當時不可碰撞的題材，正因為網路小說不會被注目的緣故。

後來審視舊稿，我感觸很深。

當時的我，文筆還不成熟，但卻帶著一股生猛的野味。這是漸趨年老的我失去的野性。當然，改寫會比較好，但我不想改寫。

這倒不是懶惰的緣故。而是，透過這樣狂放跳脫的文筆，我會深深懷念起還會跑去pub跳舞，窮困得一文不名，卻活得宛如火焰的彼時。

我並不想回到那時候，但我會深刻的懷念那時候。當然，我也喜歡現在的自己。雖然一個四十歲的女人依舊做著終生不願清醒的夢，依舊編織著沒有邊緣的夢境其實是很可笑的，但我就是這樣的女人。

我虛榮而淺薄，永遠渴望自己絕對沒有的美貌和愛情，就是在激越的天堂和陰霾的地獄間擺盪遊走。

從過去到現在，內在都沒有什麼改變。

翻閱這部書的時候，我的確有很深的感慨。

＊＊＊

我結束了我的隱居生活。

或許這聽來很詭異，但我真心覺得，我也隱居得夠了。我遠離人群將近三年之久，去年更變本加厲。因為我生了場大病，原本非常介意容貌的我因此不知道哭泣多少回，更加自暴自棄。

但我終於，可以抬頭微笑，接受這樣的事實。

四十歲，或許是個即將凋零的年紀。但我畢竟還沒有枯萎，這樣自囚，真的太浪費時間了。

於是，我設法回到人類的行列，希望有一天，可以回到女人的身分。我開始保養化妝，開始會去買些衣服。

開始做些女人才會做的事情。比方說擦擦指甲油、刷睫毛膏，或者學著畫眼線。

還有解決這幾年隱居囤積的大量脂肪。我真的把自己搞得很糟糕。甚至，開始約會，不再那麼避著人。

或許會花很多時間，但我不想再逃避生命了。

我的人生，曾經墜機過。但墜機的只是過去的我，而今日的我，用不著當罹難者。

若說我在這場大難中得到的唯一收穫，不過就是這兩句話：

過去種種宛如昨日死，每個日出，都是嶄新的自我。

讓我們一起注視當下吧！

歡迎來我的部落格：http://blog.pixnet.net/seba

並期待在下一本書與你重逢。

特別收錄

好心的妓女

1

「妳為什麼要這麼做？」

「做？」斜倚在門口，胸口半露的她有些詫異的看著他，「做什麼？妓女？」

汗從額頭流下來，心裡暗罵該死的學長，為什麼要派這麼棘手的採訪題材給他，

「呃，我的意思是說……什麼樣的行業都能夠生活……」

「何必自甘墮落到當妓女呢？」摀著嘴，「喔！現在的孩子都很天真可愛。」

搖搖頭，不想理他，「請讓開，我還要做生意。」

望著那毫不惱怒的臉，有種東西，讓他覺得赧然。

「我的期末報告需要採訪妳。」他的聲音小小的，額頭的汗不停的滑下來。

「那也等我下班再來。」還是一逕歡快著，沒有什麼生氣的表情。

等天將要亮了，疲勞的她剛洗過澡，蒸騰著沐浴乳的芳香，睡眼惺忪的跟他去喝豆漿。

「呃，請問……」

「在你採訪前，似乎先通報自己的姓名才有禮貌，」打斷他的話，「即使採訪對象是殺人魔，甚至是妓女。」

自我介紹，「江彩香。」

慌亂的將本子一合，鉛筆盒、錄音機匡啷啷的跌在地上，「我……我是楊興宏。S大新聞系二年級，請多多指教！」

被這副慌張的樣子逗笑，楊興宏這才發現，不再年輕的她，應該有過豔麗若牡丹的年華。

「叫我彩香，我也叫你阿宏吧。」

他的期末報告很精彩，都是拜她所賜。

「彩香～」高興的跑去找她，當然是「下班」後，「看！我得到九十二分！」

已經熟稔起來的他們，很高興的跑去吃蚵仔煎。

「彩香，妳幾歲了？」他望著明亮燈光下的彩香，發現眼角出現了一點魚尾紋，雖然只是一點點，心裡還是難過了起來。

「三十五。」笑笑，「你是不是想說，這個年紀當妓女快要沒行情了？別忘了，我是公娼，不至於有過早的使用年限。」

「那，阿宏幾歲？」喝著鱸魚湯，眼睛黑白分明的閃閃。

「二十。」他的聲音還帶著稚氣。

「小孩子。」

「喂。」還沒來得及抗議，阿宏的肩膀挨了重重一下，「靠，小子，聽說你拿了實習採訪最高分哪！還帶漂亮妞兒一起吃宵夜！」

學長?!

不知道怎麼搞的，他臉上的血色全褪去了，只祈禱學長們趕緊離去。

「嗨！」學長笑瞇瞇的拉了張椅子坐到彩香的旁邊，「沒想到我們那個會臉紅的阿宏，會認識這麼豔麗的大美人兒，好好替我們調教一下阿宏。」

「喔，你們誤會了，我不是阿宏的這個，」彩香笑瞇瞇的，晃了晃小指，「我是他的採訪對象啦！」

每個人的表情都僵住了，包括阿宏的。心裡又愧又氣，不該約彩香出來吃宵夜的。

「巴不得天下每個人都知道妳是妓女嗎?!」咬著牙。

彩香的表情只空白了一下下，慢條斯理的將湯喝完，「買單。」她指了指學長那桌，「連他們的一起。」

沒有辯白也沒有回頭，一路走一路吹著口哨，像是什麼事情都沒發生。

事後，阿宏一直找不到彩香，只接通過一次電話。

「對不起。」對著看不見的彩香說。

「沒什麼，」彩香說，「像我這麼好心的妓女，是不會記恨的。」

不過，阿宏就再也找不到她了。

2

若不是在抽屜裡找到了這份陳舊的報告，他不會想起這件事情。

放棄記者夢這麼多年，他從最基本的助理幹起，今天也成了獨當一面的業務經理。

經理啊……聽起來多麼厲害的樣子，對嗎？

打開存摺，他疲倦的將手指耙梳過頭髮，這麼少？

他以為應該有七位數，結果股市替他「保管」了九成。雖然已經東挪西移的遮掩，但是，要怎樣逃過明天的查帳，他還不知道。

這一切，都是陷阱嗎？總經理的嘴臉還在他面前獰笑。

「不要胡說，我怎麼會教你盗用公款？」身為學長的總經理，慢條斯理的擦了擦眼鏡，「我只告訴你，收到公款和交付出去的那幾天時間差，可以善良利用。我可沒教你拿去玩股票。」

為什麼明天就要查帳呢？他盡力的遮掩，卻還是欠了兩百萬，可以借的地方都借了。

難道⋯我要為了這兩百萬身敗名裂？

哭了出來。

怎麼面對父母親，怎麼面對未婚妻小蕙？讓公司發現了這件事情⋯⋯未來的人生，等於宣告終結了。

絕對不要，絕對不要面對屈辱的牢獄。

不知道走了多久，他走進陌生的漫畫王。服務生親切的迎上前，他指定了一個包廂。

抖著手，將安眠藥從包裝裡拆出來，玻璃紙不太好撕，或許他的手抖得也太厲害。

當安眠藥堆成一小座丘陵，害怕和絕望讓他的眼淚流個不停，他抓起藥，哆嗦的往嘴裡送。

「唉唷！客人，我們跟你無怨無仇，怎好在我們這兒尋短？將來我們生意做是不做？」爽利的女聲帶笑，跟著拉門和一杯七喜，嬌媚的眼睛望著他。

「我…我…我沒尋短…這是…這是感冒藥!!」被窺破了心事，阿宏又羞又氣。

「客人，這麼告訴你好了，這種醫師處方箋呢，每顆只含0.04mg的安眠成分，要到致死量，起碼要吞個兩百顆。若是兩百顆全吞進去，你的胃可能受不了這麼多的藥，讓你拚命的吐出來。死不成，反而白受罪，那又何必呢……阿宏?!」

在陌生的地方聽見自己的名字，他轉過去看她，這麼長久不見的熟悉身影，讓他呆了半晌，才輕呼，「彩香？」

她變得豐腴，原本風吹得倒的嬌弱，一變圓潤而健美。只有那雙微微厭倦的眼睛依舊，這麼多年，還是厭倦而嬌媚。

看到熟人，阿宏哭了出來，滿手的安眠藥滾得到處都是。

「乖，告訴彩香姐，做啥要走到這一步呀？」輕輕拍著他的脖子，彩香的聲音像是催眠，溫柔的問。

不知不覺，將盜用公款的事情告訴了她。

「我完了……等明天一查帳，就知道我盜用了多少公款，公司一定會告死我，一切都完了……我不要坐牢……我不要……」

「不過是兩百萬。」彩香很輕鬆的回答他。

阿宏發起脾氣，「我能借的都借完了！就是還差兩百萬！我也沒有辦法呀！」

「跟我借，如何？」彩香笑嘻嘻的指著自己，「這家漫畫王是我開的唷，手上還有點餘錢周轉。不錯吧！當妓女還能全身而退。」

聽到「妓女」這兩個字，阿宏說不出的刺耳。

「我可以借你錢。不過，你得優先還我。」彩香還是好脾氣的笑瞇瞇。

「當然！我一定會優先還妳錢的！」突然出現一線生機，窒息感突然鬆了鬆，「但……為什麼？我以為……妳對我生氣了。」

沒有轉過頭，彩香微微的笑笑，「怎麼會呢？為什麼我要對你生氣？像我這樣溫柔善良的人，」她轉過頭來，燦笑若繁花，「怎會對你生氣？即使我曾經是妓女，也算是個好心的妓女呀。」

說不出口的刺耳。就是刺耳。

但是他接受了彩香的支票，也簽了借據。

「每個月，都要還我五萬塊唷。一萬是利息，四萬是本金，夠便宜了吧？」彩香還是溫柔的笑著。阿宏的臉卻蒼白了。他迅速的回頭看著簽了名的借據。

「我可以，我知道這樣的利息很低……」他的汗不停的流出來，「但是本金…本金會不會太高了？我每個月的薪水只有三萬五…」

「這我不管唷，」她的眼睛嬌媚…或說可恨的妖麗，「既然借條這樣簽了，就乖乖的實行吧。不要想賴得過去。只要少給一毛錢，我會馬上讓你坐牢的。畢竟，我已經這麼好心的收這麼低的利息了。」

「……惡魔……」緊緊咬著牙，這不就像是死刑改判無期徒刑？

「怎麼會？我這樣善良，我收的利息不到五釐唷。」

「我去哪裡生那麼多錢給妳?!」阿宏吼了起來。

「誰規定你只能有一份工作？」彩香笑了起來，「只要願意工作，一定有辦法的。若是真的太苦了……我可以介紹你去當牛郎。」

望著淺笑的彩香，他有些覺悟。

「妳一直恨著我，對不對？因為那時候我說妳是妓女……」

「胡說！」她的聲音很輕快，「我才不會記恨哪，我的心腸那麼好，雖然曾經是妓女。」

恨恨的望著這個心胸狹小，為了遙遠的一件小事，將他逼入絕路的可恨女人，「我會還妳的，放心吧。『好心的妓女』。」

她微斜著眼睛，發出銀鈴似的輕笑。

3

接下去的日子，地獄不足以形容。阿宏找了一份夜間的量販店倉儲員的工作，除了白天的正職，晚上還要體力勞動好幾個鐘頭。

開頭一個月，他幾乎撐不下去。下班後，他癱軟在倉庫前面的鐵椅上喘，懷疑自己這樣的拚命到底有沒有用。

「我應該殺掉那個笨女人。」他自言自語。

「啊，殺掉自己的恩人，從小偷變成殺人犯，真的越來越墮落了。」不提防聽到了彩香的聲音，他嚇得跳起來。

笑嘻嘻的彩香將一大包滷味放在他的面前，還有好幾罐啤酒，拉開拉環，清涼的嘶嘶聲，她的眼睛滿足的彎成兩個下弦月，「啊，帥。」

「也來一罐吧！」

累得沒力氣反對的阿宏，大口大口的灌著冰啤酒，沒想到，勞動後，台灣啤酒的滋味這麼美好。

「錢已經匯到妳的帳號了，還得來嘲笑我才甘心嗎？」阿宏沒好氣的說。

「嘲笑？我怎麼會做這種事情？」彩香受傷的說，「人家關心你呢……」

「哼！」喝著啤酒，嚼了一口金針菇，或許，自己誤會她了，大老遠的提了酒菜來探望……

「人家擔心你太累嘛，」彩香將一串雞心拿起來啃，「看你想不想換個工作，以前的大姊來問我，有沒有合適當牛郎的料子，我一下子就想到了你說……」

她果然是來嘲笑我的。

「我死也不會賣身的！」口裡的食物因為激動噴了出來，「你當我是誰？我絕對……」

「賣身的話，本來五年才還得清的債務，五個月就能還清了唷。」彩香還是笑嘻嘻，「五年和五個月，玩女人還不用錢，如何？要不要去看看？要不然，可能會因為打工過度活活累死唷…」

阿宏怔怔的望著她。剛剛扛貨的肩膀又劇烈的疼痛起來。對呀…當牛郎的話，又不會有人知道……不要說就好了。

只要熬五個月……五個月……

「你要考慮嗎？」彩香溫柔的笑容看起來像是惡魔的誘惑。

「不……不要！」他抓起另外一罐啤酒大口大口的灌，「死也不要！」

「那真的會累死呢！」

為了她那種嘲謔的表情，死也不能去當牛郎，當的話，這輩子別想在彩香的面前抬起頭。

「不！」

但是繼續打這種工，真的會累死。

不過，熬過了一個月以後，漸漸的，僵硬疼痛的肩膀不再那麼痛，等他習慣了，也換了補習班導師的工作。

「不打算賣身嗎？聽說你的女朋友跑掉了。」

「閉嘴！妳給我閉嘴！還不是妳害的！」他一面灌著彩香帶來的啤酒，一面揮汗如雨的在補習班改考卷，「如果不是妳逼得這麼緊……」

也不會因為口袋空空和瘋狂的忙碌，丟掉了未婚妻。光想到心裡就劇痛。

「嘖，」彩香冷下臉，「我讓你虧空公款的嗎？」

握緊了筆，他知道自己不能怪彩香。一切都是自作自受。

「我只是……不小心走錯了一步呀……為什麼連回頭的機會都沒有……」想到小蕙的喜帖，他哭了出來。

「你記得問過我，為什麼作妓女嗎？」彩香支著臉，拿一個拉環彈另一個，「我也不過做錯了一件事情，不小心嫁給一個人，就終生沒有回頭的機會。」

拉環互相碰撞的跌到桌子下面，「你的條件比我好多了。大學畢業，什麼樣的工作和兼差都容易找，又是個男人，除了賣身，路多的是。我就算願吃苦，也不到你的薪水一半。」

她笑笑，還是嬌媚的，只是眼角的魚尾紋深了些。

「所以，一個負債又拖著小孩的女人，沒有學歷，沒有一技之長，沒有資產，除了賣身，還能怎麼辦，你倒是告訴我。」

吹著口哨，拉開了另一罐啤酒，「你比我幸運，還有我這樣的惡質神女要幫你。」

阿宏楞楞的望著她，心裡洶湧著五味雜陳的情緒，從來不知道彩香的身世這麼坎坷。

我卻對她說了那麼過份的話。

「唉唷，你當真了呀？」彩香笑出來，「都快三十歲了，還這麼天真，我說啥信啥？」

「妳……妳……」難道剛剛彩香說的……

「騙你的啦！」她哈哈大笑。

「江彩香!!」阿宏氣得大叫，「那妳為什麼……」

「嘻嘻嘻……」彩香跳下講桌，伸伸舌頭，「因為我愛慕虛榮呀……」

她笑著離開教室，阿宏卻覺得落在她身上的陰影，看起來這麼傷悲。

4

躺在床上，她的神經像是緊繃的弦，輕輕一撥，馬上會斷裂。

吞了口口水，狂跳的心臟還沒有歸位的打算。就只是夢，她安慰著自己，電話鈴響又讓她驚跳了起來。

「喂？」她的聲音還在發抖。

「還在睡？這麼好命？」母親嘲諷的聲音透過話筒，這麼長久以來，還是比惡夢還惡夢。

彩香嚥了口口水，望著牆上的鐘指著十點，的確是遲了。

「起來了。」她的聲音微弱。

「妳兒子遊學的錢呢？妳不會也要我出吧？」母親的聲音越發尖銳。

遊學？什麼時候？她不曉得寄養在母親家裡的孩子要遊學。

「我不知道……」

「妳什麼都不知道！從以前到現在，妳都這麼沒有責任感！就顧著自己快活，從來也不想想妳的兒子！小孩是妳生的！妳這個作母親的……」

母親的話嘩啦啦的從話筒那邊流過來，漸漸將她淹沒，窒息。就像夢裡無止境的大水。

就要淹死。

她定了定神，在母親猛然砸下話筒後，靜靜的去提了二十萬塊的現金。

就要考大學的孩子看見她，還是稚氣的衝上前，親暱的抱著母親，外婆的表情不知道是嫉妒還是不屑。

「媽，這是二十萬。」她戰戰兢兢的將錢拿給母親。

點了兩遍，母親突然冷哼一聲，「『瑣』費呢？」

有點不明白的望著母親。

「妳是死人哪?!」母親的聲音又高亢了起來，「小孩子出國，身上不用帶一點錢嗎？還是要從我們的生活費裡扣？如果這樣，妳乾脆帶回去養算了，幹嘛這樣累死我？」

彩香像是得了啞症，忍著淚，將錢包裡所有的錢全拿出來，「我身上還有兩萬塊。」

「阿媽，我們有零用錢……」孩子慌張的替她擋，只惹來外婆更憤怒的譬罵，「你們這兩個沒用的東西，只會衛著恁老母！我算是白疼你們了……」

好容易從娘家脫身，彩香一行走，一行哭著回來。回到家裡直哭了半個鐘頭，這才精神委靡的到店裡幫忙。

阿宏到了漫畫王一看，嚇了一大跳。

「妳的眼睛怎麼了？」腫得跟核桃似的，大約看言情小說哭的，「該不會又被逼賣身養家吧？」

好不容易止住哭泣，被這麼一問，怔怔站著的她，眼淚又無表情的滑下來。

「我好累。留下來打工。」吩咐著阿宏，「我算今天的薪水給你。」走進包廂，頹然的倒下來，一動也不動的睡著了。

「彩香？彩香！」阿宏害怕的搖著她，店裡的女孩子制止了。

「讓她睡啦，」跟著她很久的小桃搖搖頭，「大約又回家受氣了。」拿了薄被幫她蓋上。

「受氣？」誰能讓這麼跋扈乖張的女人受氣呢？

彩香直睡到凌晨兩點多才醒，楞楞的坐起來。發現阿宏累得在旁邊睡著了。

「回家睡不好？」搖著阿宏。

「這幾天太累了……」他揉著眼睛，彩香坐著，不像往常那樣囂張，無助的坐在黑暗中。

「……那是真的，對不對？」阿宏輕輕的說，「為了養家，所以賣身。」

「不，是我自己沒有用，是我賤。什麼都做不好。做什麼都失敗。」不會笑的彩香望著虛空，看起來像是空空的洋娃娃，「我連跟人家合夥做地攤生意都失敗。媽媽又逼著我要生活費。啊……小朋友需要生活費……那是應該的。」

雨好大……大得像是會淹死人一樣……雨好大……

她在萬華避雨，疲勞到幾乎死掉又濕漉漉，就這樣往牆上一靠。

「三千，好不？」緊張的老阿伯，對著她說。

望著他很久，看著他的黃板牙和緊張。點了頭。原來墮落是很簡單的事情，兩天她就賺到要給母親的所有生活費。

只是生活指數一直在飆漲，她也咬牙潦下去。

「是我不好。」彩香笑了起來，黑暗中微微發螢光的雪白面容，「是我沒用。」

「……妳媽媽……妳媽媽……知道嗎？」

彩香點點頭，又很快的搖搖頭。「不要說這個了。」

認識她以來，第一次看到她的脆弱。不過，也就這麼一次。

終

之後，阿宏會懷疑那夜是不是夢，彩香精力充沛的嘲弄他，活潑潑的過每一天。只有非常偶然的，他會看到彩香陰沈的側面，靜靜的，像是被影子壓得透不過氣。

「你想太多了。」彩香喝了茶。微微的風梳著她的長髮。

他也覺得自己多慮了。

隔了幾天沒見到彩香，忙於工作的他，收到了彩香的信。

詫異的阿宏打開了信件，不知道有什麼說不出來的話需要寫信。

「親愛的阿宏：

收到信的時候，我大約到了很遠的天堂，你不用訝異，當然也不會悲傷。可能的話，我希望你替我高興一下，終於脫離了這個該死的宿命。

我的孩子從外婆那邊聽到了真相，對著回家的我，氣急敗壞的喊：『妓女！』

然後推開了我的手。看著比我高的他們，突然呼出了那口鬱悶的氣。我的本質並沒有改變，但是，卻從溫柔親愛的母親，變成了敗德噁心的妓女。

終於可以結束了。

用不著邊哭邊用頭撞牆，試著阻止不會停的頭痛。用不著懷著一天天的不安，恐懼母親或孩子會發現我的職業。用不著咬著牙捱著不同的男人不同的身體不同的戳刺和肢體的酸楚。

自由了。

不用咀咒自己的命運，連帶的咀咒自己的孩子，自己的母親。不用一看到他們只想到永遠無法喘息的現實。

啊，我曾經是非常非常的愛他們的。但是到了最後，恨他們恨得，如此切齒，僅次於恨自己。

愛也放下，恨，也放下了。了結了這一切的債務，我不欠誰，終於誰也不欠了。

走了好久，銀白的馬路延伸到很遠，水銀燈迷離。幻境似的夜深，薄鐮刀的下弦月。

多久沒抬頭了？

二十年如迷夢一場。足足二十年的惡夢，一直醒不過來。就是年少時不慎嫁錯了一個人，這輩子就毀了個完全，連回頭的機會都沒有。

想哭自己的眼淚，笑自己的酒窩。想生氣自己的憤怒，傷懷自己的春秋。而不是為了別人。

不想用一輩子只為了彌平一個錯誤，為了這個錯誤，永遠的被放逐。

想戀愛……好想愛一個人……好想被愛……好想被一個人愛。

而不為了這些自私被罪惡感日夜的啃咬。

但是，這些自私永遠也不會實現。一日為娼，終生為娼。誰也不會原諒我，就算是你，並肩行走的時候，還是會有不自在的困窘。

但是，我還是感謝著你。只有你是自在的，不拿我是可憐的或可恥的生物看待，為了這點，你可以不用償還欠下的債務。這是神女的朋友，給你的一點點禮物。

這一切，終於可以劃下句點。熱切的期待重新開機的那一天，這樣的熱切，像是第一次的約會。

我期待肢骨腐離快速的那天，我期待自己不復存在的彼時。

若還有來生，我希望永遠不被出生。」

隨著信飄下來的，是他簽下來的借據。望著手上輕揚的薄紙，腦筋困難的運轉。

不會的……她怎麼能夠這樣就放棄？就為了這麼小的事情放棄？

忘記可以搭車，一路跑進漫畫王，哭得眼睛紅紅的小桃，哽咽的說：「阿宏……老闆娘她……」

我不相信。跟著小桃去拈香，看著遺照裡微斜著眼睛的彩香。

騙人的。

棺木裡只有彩香的衣服，留下遺書的懸崖上面，只有彩香的鞋子衣物，和困難撈獲的一點毛髮和殘肢，卻怎樣也找不到其他的屍身。

為什麼憑著連面目都沒有的殘骸，就認定那是彩香呢？

彩香一定是開玩笑的。她一定躲在暗處，吃吃的偷笑。等大家哭成一片的時候，才嘩的一聲跳出來，「哈！騙你們的！」然後前仰後俯的笑得掉眼淚。

但是她一直沒有跳出來，就這樣安靜的葬掉她的衣服和陌生的殘肢。

棺木就要放下去的時候，阿宏突然排開眾人，「為什麼要急著埋掉彩香？」奮力的掙扎，不讓其他人阻止他，「彩香只是失蹤，並沒有死，沒有她的屍體，為什麼急著埋掉她？！不要造她的墳墓，她還沒死呀～」

彩香的母親和孩子緩緩的轉過頭來，無表情的望著他，那漠然的眼光和灼熱的太陽交會又交融。酷暑裡卻有著嚴寒的冰霜。

為什麼你們不傷心？為什麼呢？你們的女兒，你們的母親死了呀……

他昏了過去。

小桃在他醒來後，面帶愁色的望著他。

「彩香的媽媽……彩香的孩子……沒有人覺得悲傷。」覺得嗓子眼裡塞滿了砂石。

「唉，他們都很傷心呀，」小桃擔心的說，「阿宏，倒是你，悲傷的太過頭了……」

不是為了彩香的死悲傷，不是。彩香又沒有死。

那被海水泡脹的殘肢和海草似的頭髮，不可能是彩香的。

「他媽的彩香。」一面把啤酒倒到海裡去，一面喃喃的咒罵著。

坐在發現彩香遺書和鞋子衣物的懸崖，一面悶悶的灌著啤酒。沒有懈怠過尋找彩香的念頭，這些年的奔走，還是徒然。

「妳這笨蛋，我告訴妳啦，欠妳的錢還是還清了。開玩笑，怎麼可以讓妳看我的笑話？既然我念過大學，又是男的，怎麼可以在比妳優越的條件下，還輸給妳？」

又倒了一罐啤酒到海裡。

「不但這樣，我還買下了妳的漫畫王。等妳回來的時候，隨便妳爽怎麼窩，就怎麼窩。我不會跟妳收錢。本來我也覺得奇怪，妳幹嘛開這漫畫王，後來聽小桃的媽媽說，以前妳受了委屈，就喜歡往漫畫王躲……」

那天彩香屈身睡在包廂裡，疲憊的臉頰掛著淚，沈默的躺在搨搨米上。除了偶爾睡夢中輾轉的啜泣，蜷縮得像是受傷的貓咪。

這樣躲在滿是幻夢虛構的漫畫世界，寂靜的排開所有的過往和屈辱，躲著。依在她的旁邊，聽著她起伏不定的呼吸。想要替她蓋被子，替她把眼淚擦去。若不是她突然醒來，阿宏打算這麼做。

「……所以，妳回來吧……我不會讓任何人打擾妳……或是傷害妳。」

海面金光閃閃，層層的幻化著七彩。

「回來吧！」這次我不會說妳是妓女。

不，就算是妓女，也是好心的彩香，妳的本質，沒有改變。

蹣跚的下了懸崖。聽說潮流可以將人捲到很遠。或許明天該去八里看看。說不定彩香在那裡。

（完）

國家圖書館出版品預行編目資料

網路女作家之死 / 蝴蝶著.-- 初版 -- 臺北縣板橋市
：雅書堂文化 ,2008.5
面； 公分 --（蝴蝶館；16）
ISBN 978-986-6648-10-6（平裝）

857.7 97006539

蝴蝶館 16

網路女作家之死

作　　者／蝴　蝶
發 行 人／詹慶和
總 編 輯／蔡麗玲
副總編輯／劉信宏
執行編輯／莊麗娜
行銷企劃／許伯藝
封面設計／斐類設計
美術編輯／劉　芸

出版者／雅書堂文化事業有限公司
郵政劃撥帳號／18225950
戶名／雅書堂文化事業有限公司
地址／台北縣板橋市板新路206號3樓
電子信箱／elegant.books@msa.hinet.net
電話／(02)8952-4078
傳真／(02)8952-4084

2008年5月初版一刷　定價200元

總經銷／朝日文化事業有限公司
進退貨地址／台北縣中和市橋安街15巷1樓7樓
電話／（02）2249-7714　傳真／（02）2249-8715
星馬地區總代理：諾文文化事業私人有限公司
新加坡／Novum Organum Publishing House (Pte) Ltd.
20 Old Toh Tuck Road, Singapore 597655.
TEL： 65-6462-6141　FAX：65-6469-4043
馬來西亞／Novum Organum Publishing House (M) Sdn. Bhd.
No. 8, Jalan 7/118B, Desa Tun Razak, 56000 Kuala Lumpur, Malaysia
TEL：603-9179-6333　FAX：603-9179-6060

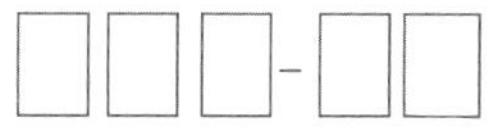

地址： 縣 鄉／鎮 路 段 巷 弄 號 樓
市 市／區 街

姓名：

廣告回信
板橋郵局登證
板橋廣字第225號
免貼郵票

220
台北縣板橋市板新路206號3樓
雅書堂文化事業有限公司 收
www.elegantbooks.com.tw

網路女作家之死

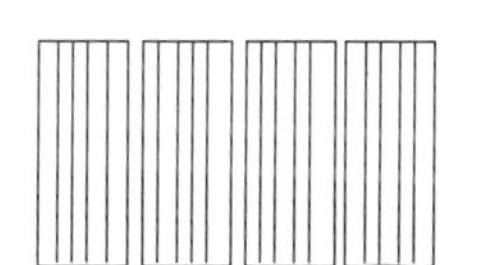

雅書堂文化讀友資料

好名堂、有名堂、宏道、悅智

http://www.elegantbooks.com.tw

感謝您喜愛及購買本書！
您的建議就是雅書堂文化創新的原動力。
如果您願意不定期收到雅書堂提供的資訊，
請將本讀友卡填寫並寄回給我們（免貼郵票），
即可成為雅書堂的貴賓讀者。

書名 ______________________

姓名 ____________________　性別：□男 □女

出生年月日 ______________　婚姻：□已婚 □未婚 □單身

連絡電話 __________________　e-mail：____________________

通訊地址 ____

購買書店：__________市縣__________　書店：_______________

您的職業：□1.學生 □2.銷售業 □3.金融業 □4.資訊業
□5.製造業 □6.大眾傳播 □7.自由業 □8.服務業
□9.軍警 □10.公務人員 □11.教育 □12.其他

職　　務：□1.負責人 □2.高階主管 □3.中級主管
□4.一般職員 □5.專業人員 □6.其他

學　　歷：□1.國中（含以下）□2.高中、職 □3.大學、大專
□4.研究所以上

您通常以何種方式購書？
□1.逛書店 □2.劃撥郵購 □3.電話訂購 □4.傳真訂購
□5.團體訂購 □6.銷售人員推薦 □7.網路購書 □8.其他____

您從何得知本書消息？
□1.書店 □2.報章雜誌 □3.親友介紹 □4.廣告信函
□5.廣播節目 □6.書評 □7.銷售人員推薦 □8.網路
□9.其他______

您對本書的評價：（請填代號 1.非常滿意 2.滿意 3.尚可 4.待改進）
□書名 □內容 □封面設計 □版面編排 □文／譯筆

您希望我們為您出版哪一類的書籍？
□1.心理成長 □2.生活品味 □3.勵志傳記 □4.經營管理
□5.潛能開發 □6.宗教哲學 □7.戲劇舞蹈 □8.民俗采風
□9.自然科學 □10.社會科學□11.休閒旅遊 □12.其他______

您會推薦本書給朋友嗎？□會 □不會 □沒意見

您對本書或本公司的建議：